기호속의 중국

하

중국

쑤이옌(隋岩) 지음 · 김승일(金勝一) · 김창희(金昌熙) 옮김

기호속의 중국 하

초판 1쇄 인쇄 2018년 11월 12일
초판 1쇄 발행 2018년 11월 15일

지 은 이 쑤이옌(隋岩)
옮 긴 이 김승일(金勝一)·김창희(金昌熙)
발 행 인 김승일(金勝一)
디 자 인 조경미
펴 낸 곳 경지출판사

출판등록 제2015-000026호
주소 경기도 파주시 산남로 85-8
Tel : 031-957-3890~1 **Fax** : 031-957-3889
e-mail : zinggumdari@hanmail.net

ISBN 979-11-88783-72-4 04820
      979-11-88783-70-0 (세트)

기호속의 하
중국

경지출판사

CONTENTS

머리말   /08

제1장
기호 기의의 다의성: 중국 고전적 기호의 역사적 변천을 종람

1.1 함축적 의미의 기의가 점차 변천하는데
    영향을 미치는 요소 해석   /21
1.2 실크로드–기호 함축적 의미의 기의
    다의성 사례 해독의 하나   /26

제2장
**기표의 선택성-근대중국 부정적 이미지 커뮤니케이션의
근원에 관한 연구 분석**

2.1 근대중국이 기억하고 있는 기호   /38
2.2 다중 선택된 기표 합력 의미의
    근대중국 부정적 이미지   /41
2.3 기표 선택성에 영향을 주는 다중 요소 분석   /51

제3장
메타언어 메커니즘: 당대 중국 이미지를 적극 구축한 민간 기호

3.1 파편화 시대의 국가 이미지 /66

3.2 메타언어 메커니즘 하에서 민간 개체기호가 국가
  이미지를 커뮤니케이션하는 의의를 구축하는 과정 /70

3.3 메타언어 메커니즘에서의 기호의 선택성 /81

제4장 기업 이미지 기호 출현과 커뮤니케이션 전략

4.1 기업 이미지의 사변과 기호 인지 시각 /94

4.2 기업 이미지의 파편화 양상을 띤 기호 /101

4.3 기업 이미지 개방성과 불안정성 /110

4.4 메타언어 메커니즘에 편승하여 개별적 현상을
  일반화하는 것은 기업 이미지를 커뮤니케이션하는 담론 전략 /116

CONTENTS

4.5 기표와 기의 결합의 비자의적 메커니즘은 기업

이미지 기호를 구축하는 규칙   /134

4.6 여러 개 함축적 의미로 이루어진 기표에 편승하는

기업 광고의 커뮤니케이션 본질   /142

4.7 다문화 커뮤니케이션 언어 환경에서의

기업 이미지 커뮤니케이션   /148

제5장
두 가지 기표 체계로부터 본 중국 매체의 국제적 이미지 커뮤니케이션

5.1 미시적 기표와 거시적 기표의 이미지별 매체 구축   /161
5.2 두 가지 기표체계 하에서의 매체 이미지   /167
5.3 국제 커뮤니케이션에서의 중국 매체의 기호 이미지   /172

제6장
APEC 푸른 하늘- 인터넷 언어로부터 두 가지 커뮤니케이션
형태의 상호 작용을 투시

6.1 인터넷 언어, 그룹 커뮤니케이션의 표현 방식으로 부상   /181

6.2 매스 커뮤니케이션의 '동형' 대한 그룹

　　커뮤니케이션의 도전[01]   /182

6.3 기의의 카니발화 배후에 잠재해있는 위험   /186

6.4. 주류 매체에 복귀한 인터넷 언어, 상호 작용 추진   /188

제7장 강세 기호가 중국을 커뮤니케이션

7.1 강세 기호의 특성   /195

7.2 중국을 대표하는 기호를 구축하고 중국의 강세

　　기호를 커뮤니케이션할 수 있는 수단   /201

맺음말   /206

---

01) 동형 관련 해석은 수이옌, 장리펑의 글 "동형의 근원에 대한 해석", 「현대 커뮤니케이션」 2011년 7호를 참
　　고하라.

머리말

우리 신변에 있는 기호에 대한 논의와 커뮤니케이션

1960-70년대 영화에서 자본가의 하인은 주인의 딸을 '아가씨'라고 불렀는데, 이는 두말할 것도 없이 당시 영화의 계급적 입장이 깊이 스며들어 있었음을 알게 해준다. 개혁개방을 막 시작했을 때 우리는 '아가씨'라는 이름으로 '동지'라는 호칭을 대체한 적이 있었는데, 이 역시 그 당시 유행하던 사회 풍조를 나타낸 것이라고 할 수 있다. 최근 2년 사이에 음식점에서 여종업원(女服務員)을 보고 '아가씨'라고 부르면 들은 체도 안 하다가 오히려 거친 소리로 '종업원' 하고 부르면 곧장 달려오는 경우를 볼 수 있다. 그 이유는 '아가씨'라는 호칭에 유흥가에서 몸을 파는 여인을 지칭하는 새로운 의미가 들어감으로써 이러한 현상이 나타난 것이다. 웨딩드레스도 한 가지 부호라 할 수 있는데, 그 의미는 영원히 신부라는 한 가지 의미를 상징하는 것이고, 하나의 환경에서만 입을 수 있는 것이기에 그 의미가 변하는 것은 어렵기 때문이다. 아무리 담대한 여자라고 해도 웨딩드레스를 입고 쇼핑을 하거나 골프장에 가서 골프를 하는 것은 꺼려할 것이기 때문이다.

이 두 가지 예에서 볼 때, 전자는 부호의 기표(記標, 시니피앙)와 기의

(시니피에)의 관계가 끊임없이 변화하는 측면이 있다는 증거이고, 후자는 안정적인 측면이 있다는 증거이다. 변화하든 안정적이든 모두 동기가 다른 여러 가지 문화적 판단이 잠재해 있거나 기호에 가치관을 슬며시 찔러 넣었기 때문이다.[01]

한 총각이 장미꽃을 들고 처녀에게 다가갈 때, 우리는 총각이 처녀에게 건네주는 것이 사랑이지 장미과에 속하는 식물이라고 생각하지 않는다. 이것이 바로 기호에 함축되어 있는 의미의 커뮤니케이션(의사소통) 시스템이 우리의 신경에 영향을 미친 것으로서, 우리는 장미꽃은 무엇 때문에 반드시 사랑을 상징하고 증오는 상징하지 않느냐와 같은 물음을 제기하지 않는다. 이는 커뮤니케이션 기호 이론에서 말하는 기표와 기의 관계의 독특성(唯一性) 동형성(同構, 사물의 구조와 구성 방식이 같은 것 - 역자 주)이 우리의 사유를 통제하기 때문이다.

샤넬 N°5 향수 광고문은 이러하다. 기자가 마릴린 먼로와 인터뷰할 때, "저녁 잠자리에 들 때 무슨 잠옷을 입는가?"하고 묻자, 그녀는 "샤넬 N°5가 잠자리에 들 때 몸에 걸치는 유일한 옷"이라고 대답한다. 마릴

---

01) '기표(記標, 能記, 프랑스어: signifiant 시니피앙)'와 '기의(記意, 所記, 프랑스어: signifi 시니피에)'는 페르디낭 드 소쉬르에 의해 정의된 언어학 용어이다. '시니피앙'은 프랑스어 동사 signifier의 현재분사로 '의미하는 것'을 나타내며, '시니피에'는 같은 동사의 과거 분사로 '의미되고 있는 것'을 가리킨다. 기표란 말이 갖는 감각적 측면으로, 예를 들면 바다라는 말에서 '바다'라는 문자와 'bada'라는 음성을 말한다. 기의는 이 기표에 의해 의미되거나 표시되는 바다의 이미지와 바다라는 개념 또는 의미 내용이다. 기표와 기의를 하나로 묶어 기호(記號, 프랑스어: signe 사인)라고 한다. 기표와 기의의 관계, 즉 의미작용(意味作用, 프랑스어: signification 시니피카시옹)은 그 관계에 필연성이 없다(기호의 자의성). 예를 들면 '바다'를 '바다'라고 쓰고 'bada'라고 발음하는 데 있어 필연성은 어디에도 없다. 만약 그것이 있었다면 모든 언어에서 바다는 'bada'로 발음되고 있을 것이다. 필연성이 없는데도 불구하고 그것이 이해하는 체계 속에서는 필연화 되고 있다. 한국어를 이해하는 사람이 '바다'라는 글자를 보거나 'bada'라는 소리를 들었을 때, 거기서 상상할 수 있는 것의 근저는 기본적으로 같다. 또 '바다'가 왜 'bada'인가 하는 질문에 답하기가 매우 어렵다.

린 먼로의 대답은 샤넬 N°5에 섹시한 특질을 부여했다거나, 광고가 마릴린 먼로의 섹시함을 향수에 전이시켰다고 말할 수 있다. 나이키 신발(운동화) 광고에는 생동적인 화면이 펼쳐진다. 두 팀이 축구경기장에서 각축전을 벌이다가 축구공을 경기장 밖으로 날린다. 끈덕진 축구선수들이 거리와 골목을 누비며 축구공을 쫓아가다 갑자기 멈추어서더니 고개를 숙이고 숙연한 표정으로 묵념한다. 한 영구차 행렬이 지나가기 때문이었다. 영구차가 지나가자 끈덕진 축구선수들은 계속해서 축구공을 쫓아간다. 그러다 화면이 갑자기 바뀌더니 한 쌍의 나이키 운동화가 전체 화면을 꽉 채운다.

나이키가 비싼가요? 확실히 비싸다. 하지만 비싼 데는 그 나름대로의 이유가 있다. 몇 십초 되는 광고는 의미 깊고 설득력 있는 한 가지 이유를 설명해주고 있다. 나이키는 교양의 상징이고, 나이키 신발을 신는 사람은 교양이 있는 사람을 가리킨다는 것이므로, 나이키 신발과 나이키를 신은 사람 모두가 생명을 존중한다는 의미이다.

이 두 광고 모두 여러 개의 함축적 의미로 이루어진 기표(여러 개의 기호로 구성된 기표, connotateurs, 含指項)를 활용한, '의미이식'(意義移植)의 작용을 발휘시킨 결과이므로, 마릴린 먼로의 사회적 속성을 향수에 이식함으로써 샤넬 N°5가 기타 향수와 다른 사회적 속성을 슬며시 지니게 한 것이다. 그 목적은 향수가 왜 이렇게 엄청나게 비싼가 하는 근거를 찾아줌으로써, 소비자들이 비싼 값에 샤넬 N°5를 구입한다는 뜻이 곧 마릴린 먼로의 섹시함을 소유하는 것이라고 유혹하려는데 있는 것이다.

축구선수들이 끈질기게 축구라는 꿈을 쫓아가게 하면서도 교양 있는 인격과 예의 있는 인격을 잃지 않는 장면을 통하여 인성을 나이키 신발에 이식시킨 것 역시 나이키 신발, 나아가 나이키 신발을 신는 사람들이 왜 고귀한가 하는 근거를 찾아주었던 것이다. 샤넬 N°5든 나이키 신발이든 물품으로는 섹시하거나 교양이 있을 수 없다. 성(性)은 자연적 속성이지만 성감(섹시함)은 사회적 속성이다. 같은 이치로 아름다움은 자연적 속성이지만 교양이나 고귀함 역시 사회적 속성이다.

우리는 영화에서 전화(戰禍)로 인해 불타 폐허가 된 도시를 보며 가슴 아파하고 비분해 하면서도 영화 제작 측에서 한 장면을 찍자고 한 도시를 태워버렸다고는 생각하지 않는다. 우리의 시각을 흥분시킨 것은 지표적 기표(引得符号, 지표적 상징, indexical) 기호가 지표적 기표 중 관습화(Langue)[02]된 사유 습관을 가지고 떠들썩하게 장면을 꾸민 것으로서, 시각예술로 제작한 '진실한' 속임수인 것이다.

일본의 전철에서, 한 처녀가 중년 남자에게 자리를 양보하자 그 중년 남자가 이해가 되지 않는 듯이 물었다.

"노인도 어린 애도 아니고, 임산부도 지체장애자도 아닌데 왜 자리를 양보하나요?"

처녀가 대답했다.

"선생님이 들고 계시는 종이박스가 저희 마트에서 사용하는 것이에요. 이는 선생님께서 저희 마트를 다녀가셨다는 증거이자 저희 고객이라는 증거이니 고객에게 자리를 양보하는 것이 당연한 일이 아닌가요."

사람들은 사연을 전하면서 "이것이 바로 일본의 기업문화이다"라고 감탄을 연발했다. 사실 이는 기업 이미지를 마케팅 하는 한 가지 이야기에 지나지 않는다. 이 이야기가 진실하다고 하더라도, 자리를 양보한 그 처

---

02) 관습화 : 구조주의 언어학의 시초인 소쉬르가 처음 사용한 낱말로 언어활동(불어: langage)에서 사회적이고 체계적인 측면을 말하는데, 즉 사회적 약속이라고 할 수 있다.

녀가 그 마트의 전체 임직원들을 대표한다거나, 나아가 그 기업, 더 나아가 일본의 모든 기업을 대표한다고 말할 수는 없다. 하지만 그 처녀의 행동은 이 모두를 대표했을 뿐만 아니라 아주 훌륭하게 대표했던 것이다. 아주 훌륭하게 대표할 수 있다는 것은, 부분이 전체를 대표할 수 없지만, 전체를 대표하고 커뮤니케이션할 수 있다는 커뮤니케이션 기호학 이론 중의 메타언어[03] 시스템을 교묘하게 활용했음을 알 수 있다.

상술한 사례들 모두가 우리 생활에서 흔히 볼 수 있는 현상이지만 난해한 커뮤니케이션 기호학 이론을 알기 쉽게 설명해 주고 있다.

커뮤니케이션 기호학 이론은 얼기설기 얽히고 난삽하여 이해하기가 힘들다. 이 책은 생활 속에서 흔히 볼 수 있는 현상과 접촉할 수 있고 느낄 수 있는 실천적 커뮤니케이션을 통해 독자들에게 우리의 한마디 말이나 어떤 행동 모두가 자기도 모르게 기호 발화(發話, utterance)[04]의 도움을 받으면서 깊거나 옅은 우리의 생각이나 견해를 숨기거나 드러내고

---

03) 메타언어 : 인간의 현상적 혹은 물질적 세계에 대한 경험과 그것을 언어적 혹은 기호적인 표현으로 나타낸 것은 꼭 일치하는 것은 아니다. 언어 혹은 기호 체계는 외부 세계에 대한 지적 해석의 체계이기 때문이다. 언어 혹은 기호 체계는 그것이 해석하고 표현하는 외부 세계에 대한 추상화를 반영하는 바, 베이트슨(Bateson)이 언급한 바와 같이, 언어와 기술 대상 사이의 관계는 지도와 그 지도가 나타내는 지역과의 관계와 유사하다. 지도의 해석을 통해 드러나는 지도와 지역 사이의 대응 관계가 단순한 것이 아니듯, 언어와 그 지시 대상 사이의 대응 관계를 어떻게 해석하는가도 단순하지 않은 것이다. 자연 언어(인간의 일상적 언어)는 그 자체가 내부화된 규칙을 지니고 있으며, 자연 언어 나름의 체계를 바탕으로 외부 세계에 대한 해석을 반영하므로, 외부 세계의 대상과 언어 기호가 표상되는 해석의 체계는 서로 다른 논리적 유형성(진리치)를 지니고 있는 것이다. 이러한 해석의 체계는 일반적으로 인간이 언어를 습득할 때에 함께 습득하게 되는 내재적인 메타언어적 규칙 속에 포함되며, 언제 어떻게 특정 언어 기호(단어)가 특정 외부 대상과 연관되는가를 결정하게 된다. 이는 인간 개개인이 외부 세계를 파악하는 데에 동원하는 해석 체계가 그 해석 체계를 가지고 있는 인간 스스로의 속성임을 의미한다. 바꾸어 말하면 인간은 각자가 나름대로 지니고 있는 메타언어적 원칙을 통해 주어진 대상과 그 대상에 대한 추상화(해석)를 위한 의미적 기준을 세우는 것이다.
04) 발화 : 아직 입 밖으로 나오지 않은 상태의 추상적인 말이 생각이라면, 이러한 생각이 실제로 문장 단위로 실현된 것이 발화이다. 발화는 화자, 청자, 그리고 장면에 따라 구체적인 의미가 결정된다.

있다는 것을 말하고자 하는 것이다. 하지만 아무리 많은 기발한 상상이든 귀신이나 도깨비이든 간에 모두 기호의 속박을 받으므로, 기호는 문화적 결과이자 사회적 결과이고 역사적 결과라 할 수 있으며, 인류 공동의 유산이라고 할 수 있는 것이다.

이 책의 주요 작업은 다음과 같다.

1) 자연화(naturalization), 일반화(generalization), 지표적(index) 기표 등은 의미 생성의 메커니즘을 제시하고 의미 커뮤니케이션의 모략을 밝히는 키포인트이지만, 유감스럽게도 롤랑 바르트 등 기호학자들은 이 같은 개념들을 저서에서 깊이 있고 명확하게 그리고 상세하게 설명하지 않고 슬쩍 스쳐지나갔을 뿐이다. 물론 이러한 개념이나 이론을 말하면서 난삽한 커뮤니케이션 기호학의 실천성, 그리고 그 배후의 본질을 이해하고 인지하려고도 하지 않았다. 사실은 여러 개의 함축적 의미로 이루어진 기표(含指項)의 도움을 받아야 만이 의미의 이식이 이루어지고 공모가 이루어질 수 있으며, 커뮤니케이션에 편승하고 커뮤니케이션의 힘을 합쳐야 만이 실현할 수 있다. 지표적 기표의 도움을 받아야 만이 매개물의 진실성이 이루어질 수 있다. 은유(the metaphor)와 함축(내포, connotation), 환유(換喩, the metonymy)[05]와 메타언어의 등가전환의 도움을 받아야 만이 자연화와 일반화 메커니즘이 운영되면서 새로운 의미가 구축되고 일치하는 여론이 생성되어 세상이 발화(utterance)를 할 수 있게 된다. 하지만 이는 또 프라하학파 창시자인 로만 야콥슨(Roman

---

05) 환유 : 어떤 사물을 그것의 속성과 밀접한 관계가 있는 다른 낱말을 빌려서 표현하는 수사법

Jakobson)의 은유, 환유와 함축적 의미, 메타언어의 대응 관계, 그리고 유사성(similarity, 유사연합)과 인접성(adjoin, 접근연합)을 겨냥한 용어 (term, 기호) 간의 어의 관계에 관한 사상에 질의를 한 토대 위에서 발견하게 된다. 이밖에 은유와 환유는 예로부터 수사학(rhetoric) 분야에서 논쟁이 끊이지 않는 난제였는데, 기호학(semiology)의 시각을 빌려 오랜 세월 동안 분쟁에 휘말리던 한 쌍(개념쌍)의 키포인트적 개념을 아주 수월하게 구분하고 분별할 수 있게 하였다. 즉 은유는 기호의 함축된 기의(所指) 사이에 존재하는 유사성이고, 환유는 기호의 지시대상(所指事物) 사이에 존재하는 논리적 연장이라고 정의했다.

  2) 탈공업화 소비시대의 도래는 물질세계의 상징화(symbolic)를 심화시키면서 모든 제품을 기호화(sign)하고 모든 소비행위를 상징화했다. 과학기술의 진보와 매개물 형태의 교체는 기표의 다양성에 물질적 토대를 마련해 주었다. 기표의 다양성은 한편으로 사회문화의 다양성과 번영을 촉진시키고, 감정을 드러내고 견해를 밝히는데 도움을 주면서 정보의 친화력과 흡인력, 전파력과 신장력(培養力)을 더해주었다. 다른 한편으로 다양한 기표는 우리 기성의 사유방식에 끊임없이 충격을 주고 '습관화'된 우리 문화시스템에 스며들면서 생활방식 및 그가 처한 사회문화의 변혁을 촉진시켜 왔다. 하지만 우리는 오색찬란한 기표의 성연에 빠져서 그것을 누리면서, 기표가 속박에서 완전히 벗어나 레크리에이션(游戲)을 마음껏 즐기고 있을 때, 그가 처해있는 분야(field)가 역사적 언어 환경이 점차 사라지고 언어의 내포가 점차 사라지고 있다는 사실을 발견하게 되었다. 그 시각 매체의 기호는 다양한 기표를 활용하여 시청률을 높이고 상업 이윤을 얻으려고 시청자들의 비위를 맞춰주고 있

었다. 이 같은 현상은 가치 성향을 일탈하게 하고 역사적 진실을 허무하게 만들어 버린다. 때문에 매체 시대의 기호 커뮤니케이션 연구에서 기표의 다양성과 기표 자체의 이데올로기 성질을 등한시해서는 안 되는 것이다. 만약 권위적인 기호학에서 의미의 형성 체계에 치중하여 연구하면서 의미의 형성은 기표와 기의의 자의성(arbitrariness)으로부터 동기부여의 과정이라는 것을 강조했다면, 기표 다양성의 연구에 있어서는 오히려 주안점을 뒤집어진 동기부여와 자의성의 결합으로 인한 신규 의미구축의 메커니즘에 두게 되었을 것이다. 이 책에서는 기표의 다양성과 사회문화의 관계를 탐구하고, 기표의 다양성 배후에 숨어있는 은유 기호를 밝히고자 했다.

3) 권위 있는 기호학자 대다수가 '의미작용'(signification, 意指關系)의 '자의성'에 주목하면서, 기표와 기의의 관계는 자의적이며 하나의 '기표'는 여러 개의 '기의'와 관계를 발생하기 때문에, 기의는 '다의적'이고 '애매하며' 심지어 '모호하다'고까지 여겼다.

이 책에서 토론한 '동형성'(同构)은 오히려 '의미작용'의 '독특성'(uniqueness)으로서 기표와 기의 간의 관계가 특정한 이데올로기를 발화시키는 유일하게(독특성) 굳어진 관계이며, 특정한 언어 환경에서 어떤 기표는 하나의 기의와 대응하게 되었다.

'의미작용'이 억지로 규제를 받는 과정이 바로 '동형성'이 형성되는 과정인 것이다. '동형성'은 기호학의 키포인트적 개념의 하나이고, 기호 커뮤니케이션의 최종 메커니즘으로서 기호별 기표와 기의 간 의미작용의 독특성 규제와 관련될 뿐만 아니라, 전반 사회문화 및 윤리가치 기준이 형성되는 메커니즘을 밝혀주기도 한다. 권력층은 이데올로기를 사회문화와 윤리 판단 기준에 강압적으로 주입하여 다원화 문화가 생존할 수 있는 공간을 없애버리고 특정한 문화형태의 정신적 의미를 규정해 놓은 다음, '동형성'이라는 허울 아래 '폭력'을 당연한 이치로 전환시키면서 여러 가지 사회적 신화를 연역한다. 소비적인 사회 언어 환경에서 기호의 가치가 생성될 수 있는 전제조건은, 상품을 의미 담체의 기호가 되게 하고, 또한 함축적 의미가 부여된 독특한(唯一的) 기의가 되게 하며, '사람' 들에게 '물건'을 소비케 하는 사회적 의미를 통하여 자아 정체성(自我認同)과 사회 정체성을 획득하도록 만드는 것이다. '동형성'이라는 의미가 생성되는 메커니즘을 이룩하려는 목적 역시 이와 같은 것이다. 그리하여 이 책은 '동형성'을 이론적 시각으로 하여 문화현상 배후의 심층적인 사회의 의미를 해석하고, 나아가 '상징적 가치'(符号价值, symbolic value)의 생성 메커니즘을 밝히고자 했다.

4) '메타언어(metalanguage, 元語言 : 純理語言)'는 기호학과 언어학의 중요한 개념이며, '부분으로 전체를 대체'하는 것은 메타언어 메커니즘의 가장 기본적인 논리적 관계이다. 실생활에서 "잘 자랄 나무는 떡잎부터 안다(見微知著)", "나무 잎이 하나 떨어지는 것으로 가을이 왔음을 안다(一叶落而知秋)"라는 이치가 더욱 그러한 것인데, 바로 이 같은 인지방식은 새로운 의미가 구축되고 전달되고 확산되게 함으로써 기호가 커뮤니케이션하는 일반적인 메커니즘이 되는 것이다. 기업 이미지를 파편화(fragmentation)하는 형식으로 사람들의 인지에 심어놓으면, 사람들은 습관적으로 '파편'(조각, fragment)을 가지고 '전체'를 파악하게 된다. 이 것이 바로 '메타언어' 메커니즘이 작용을 발휘한 결과이다. 과거 학자들은 메타언어를 연구함에 있어서 대부분 이 이론적 술어를 풀이하고 구

조를 분석하는데 치중하면서 생생한 커뮤니케이션 실천과 결부시키는 작업에는 등한시했다. 제9장에서는 메타언어 이론을 활용하게 되는데, '기업이미지'를 구체적인 연구 대상으로 한 다양한 커뮤니케이션 실천에 대한 상세한 서술을 통하여 '이미지'적인 기호를 인지하고 구축하는 커뮤니케이션 법칙을 밝히고자 했다. 우리는 이미지(形象)가 '형태(象)'와 '나타내다'(形)는 두 가지 측면이 있다고 생각한다. 이는 마침 기호의 '기표'와 '기의'와 대응하면서, 양자는 '의미작용'을 진화시킨 토대 위에서의 '메타언어'를 구축하고 있음을 알게 한다. 바로 의미를 생성하고 이미지를 커뮤니케이션하는 다른 한 가지 메커니즘을 구축한 것이다.

기호학은 얼기설기 뒤엉켜 난해하고 이견이 분분하여 서술할 때 논리가 복잡하고 의미가 불분명한 함정에 깊이 빠질 수 있다. 아무리 심오한 학설이고 엄밀한 추론이라 해도 사회적 실천을 떠난다면 결국 사람들을 접근도 못하게 하는 오만한 학문이라는 불명예에서 벗어나지 못하게 될 것이다. 군더더기를 없애고 쓸 만한 것을 활용할 수 있는 것은 활용케 하기 위해, 사람들이 새롭게 자주 바뀌는 기호 커뮤니케이션의 본질을 이해하는데 도움을 주고, 기호를 가지고 의사소통을 하는 생활과 사회 자체의 복잡성을 인식하는데 도움을 주며, 기호가 연발하는 세상을 속속들이 알게 하고 정신적 다양성을 속속들이 알도록 도움을 주는 것은, 난해하다고 방치해두었던 기호학의 영광을 되돌려 놓을 수 있는 한 가지 방도가 아닐까 생각한다.

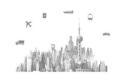

제1장

기호 기의의 다의성:
중국 고전적 기호의 역사적 변천을 종람

제1장
기호 기의의 다의성:
중국 고전적 기호의 역사적 변천을 종람

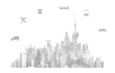

기나긴 역사의 흐름 속에서 어떤 인물이나 사물, 사건 심지어 관념이 중국의 가장 대표적인 기호가 될 수 있는가? 어찌하여 중국을 대표할 수 있는가? 중국의 어떠한 이미지를 대표하는가? 가장 대표적인 기호들은 또 어떻게 변천되고 부각되고 커뮤니케이션되고 수용되었는가? 본 장에서는 익숙히 알고 있는 수많은 사례들을 가지고 중국 기호의 커뮤니케이션이라는 신비한 베일을 일일이 벗겨내 보고자 한다.

하나의 기호라 하더라도 상이한 역사적 언어 환경에서 상이한 사회적 의미를 나타낸다. 즉 기호의 함축적 의미 측면의 기의는 영원히 불변적이고 유일한 것이 아니라 시공간의 변화에 따라 상이한 기의로 변화하고 발전하는데, 이를 기의의 다의성이라 한다. 함축적 의미 측면의 기의는 특정한 역사적 언어 환경에서 형성되고 지시적 의미 측면에서 구축된 두 번째 석의(釋義)로서, 기호가 활용된 구체적인 문화 공간, 즉 기호의 독특한 역사적 언어 환경에서 산생된다.

함축적 의미의 구축 과정은 인위적인 선택 과정이자 해석 과정이지만,

이 과정이 극히 은폐되어 있어서 지극히 자연스러워 보일 뿐이다. 강력한 상징적 의의와 영향력을 가지고 있는 수많은 중국역사의 기호는 바로 복잡다단한 역사적 언어 환경에서 탄생하여 한 면 한 면의 구리거울처럼 파란만장한 역사 발전과정을 훤하게 비추어주고 있다.

1. 함축적 의미의 기의가 점차 변천하는데 영향을 미치는 요소 해석

수많은 역사 기호는 그 함축적 의미의 기의가 특정한 역사적 언어 환경에서 형성되어 상이한 역사단계의 중국사회의 변천과 발전을 반영하고 있다.

1) 시대, 지역, 문화 등 배경이 역사적 언어 환경의 다원적 규제를 구성

한 기호의 함축적 의미는 시대적 배경이 다름에 따라 상이한 기의를 생성하거나 심지어 기의 간에 상호 배척하는 현상이 나타난다. 예를 들면, 청나라 때 변발하는 습속은 청 왕조 문화라는 전통에 부합되는 청 정부 통치라는 정치적 기호를 상징했다. 하지만 청 정부가 몰락하자 국민들의 뒤통수에 붙어있던 '돼지꼬리'는 도리어 낙후하고 진부한 청나라를 조롱하는 표식으로 변했다.

마찬가지로 '공자'라는 사람들의 마음속에 각인되어 있는 중국 기호는 강력한 사회적 영향으로 말미암아 역대 정치인들이 활용하며 각기 다른 해석을 내놓는 바람에 사회 역사적 언어 환경이라는 홍수 속에서 수많은 우여곡절과 변화를 거치었다. 중국 이미지를 상징하는 기호는 그 커뮤니케이션에 있어서 뚜렷한 마태효과[06]를 가지고 있는데, 국력이 증강될 때에는 긍정적 기호가 끊임없이 나타나지만, 국력이 달리고 경제가 쇠퇴할 때는 부정적 기호가 더욱 광범위하게 커뮤니케이션된다는 점에 주목할 필요가 있다. 예를 들면, 청나라를 언급할 때면 흔히 아편전쟁이나 팔고문 등 부정적인 면을 상징하는 기호를 떠올리지만, 당나라를 언급할 때면 흔히 측천무후, 견당사, 이백 등 일련의 성세(盛世)를 상징하는 긍정적 기호를 떠올리게 된다.

만약 시대적 배경이 특정한 역사적 언어 환경에서의 기호 의미에 대해 종적으로 규제한다면, 상이한 지역적 배경과 문화적 배경은 기호 의미에 대해 횡적인 규제를 하게 된다. 지역의 제한성과 문화의 제한성은 주체 사이의 관계에 모종의 '유사성'을 필요로 할 뿐만 아니라 진일보적으로 상호 흡인하게 되지만, 그렇지 않으면 상대방의 텍스트에 대한 해석 능력이나 기초를 구비하지 못하여 기호 의의가 융합되기 어려워지면서 쌍방은 대화를 진행할 수 없게 된다.[07] 지역도 다르고 문화배경도 다른 상황에 처해 있는 대중들에게 있어서 한 기호를 인지하고 함축적 의미를 해독하는 것도 다를 수 있다. 지역이 다르고 문화배경이 다르고 정치적 견해가 다를 경우 기호를 인지함에 있어서도 어느 정도 차이가 생길 수 있고, 기호의 함축적 의미를 이해함에 있어서도 다를 수 있다.

문화 배경이 다름으로 인해 초래되는 기호 해독에서의 차이는 다문화 교류에서도 흔히 나타나는 현상이다. 중국의 길상(吉祥, 상서로움)을 의

---

06) 마태효과 : 빈익빈 부익부 현상을 이르는 말. 우위를 차지한 사람이 지속적으로 우위를 차지하게 될 확률이 높은 현상을 의미한다.

07) 林亞莉, 「符号与語境的關系」, 『貴州師范大學學報』(社會科學版), 2010년 제3기.

미하는 기호인 '용'을 예로 든다면, 중국에서 용은 줄곧 황실의 위엄을 상징하면서 상서롭고 뜻하는 바와 같이 되기를 바라는 의미를 대표했으며, 중화의 자손들은 자기가 용의 후손이라는 자부심을 가지고 있다. 하지만 서양에서는 역사와 문화가 변화하고 발전하는 과정에서 사악의 상징으로 부상했다. 문화배경의 차이는 원활하지 못한 소통을 초래하면서 결국은 한 기호가 상이한 문화적 언어 환경에서 상이한 함축적 의미의 연관성을 구축하고 상이한 기의를 생성하게 했다. 이 같은 모순을 회피하려면 교류과정에서 될 수 있는 한 쌍방이 함축적 의미상에서 공통된 인식을 달성한 기호를 사용해야 한다. 예를 들면, 베이징 올림픽 경기의 성화 관련 토템을 선택하는 문제에서, 서양의 언어 환경에서 용의 함축적 의미가 사악을 상징한다는 사실을 감안하고 국제적인 시각에서 발생시킬 수 있는 이해의 차이를 방지하고자 중국은 중국을 상징하는 기호인 용을 선택하지 않고 동서양 언어 환경에서 긍정적인 상징적 의미를 가지고 있는 봉황을 선택했다. 열반이나 부활 능력을 가지고 있는 봉황은 동서양의 언어 환경에서 모두 길상하고 영생한다는 의미를 가지고 있다. 기호를 부호화함에 있어서 얻기 어려운 이 공유할 수 있는 문화적 관념은 소통의 장애를 제거한데서 길상 문화를 전달한 토대 위에 중국과 서양문화의 균형을 성공적으로 실현할 수 있었다.[08]

국제적인 커뮤니케이션 과정에서 역사적 언어 환경의 차이는 커뮤니케이션이 저애를 받는 하나의 주요 원인이므로, 양호한 커뮤니케이션 효과를 거두려면 동서양의 언어 환경을 이해한 토대 위에서 본 민족의

08) 彭煥萍, 王志華,「從奧運符号看中國吉祥文化」,『青年記者』, 2008, 제20기.

문화 전통을 수호할 수 있는 기호를 찾아야 했고, 세계화의 길로 나아가는 중국을 대표할 수 있는 기호를 찾아야 했으며, 보편적 가치를 지니고 있는 기호를 찾아야 했다.

2) 시대별 기억인 단계성(일시성)의 역사 기호

기나 긴 중국 역사에서 중국을 대표할 수 있는 기호는 수천 개에 달한다. 흥미로운 것은 왕조가 바뀌고 주인이 바뀜에 따라 이 같은 기호들이 역사시기 별로 함축적 의미가 엄청나게 큰 차이를 보인다는 점이다. 기호의 함축적 의미의 기의는 역사시기 별로 변화가 많고 복잡다단했는데, 차이성과 대립성은 심원한 일부 역사적 기호에게서 매우 두드러지게 나타났다. 연속적인 역사 속에서 기호의 함축적 의미의 '생명력'에 근거하여 우리는 기호를 분류할 수 있다. 시간적인 거리로부터 보면, 함축적 의미를 가진 기호를 역사적 단계성 기호와 연속성 역사 기호가 나눌수 있다.

이른바 단계성 역사기호란 시대별로 귀속되는 인기(印記)라 하더라도 같지 않은 측면에서 중국 이미지를 반영하는 기호를 말하는데, 그들은 단계성 중국의 표지이다. 즉 역사의 흐름 속에서 우리는 단계적 역사 별로 중국의 역사를 상징하는 여러 개의 기호를 찾아낼 수 있는데, 그것들은 서로 다른 각도에서, 다른 측면에서 중국의 이미지를 상징하고 중국이 내포하고 있는 의미를 해석하고 있다. 이 같은 기호 자체가 단계성을 가지고 있으며, 그들이 가지고 있는 함축적 의미 또한 시대적 산물이다. 따라서 단계별 역사 기호를 대비하면서 그들의 함축적 의미를 분석하면, 당시 중국의 역사적 사회의 풍모를 분명하게 묘사할 수 있을 뿐만 아니라, 장려하고 감동적인 장면들이 연역한 단계적인 기호들을 묘사할 수 있다.

예를 들면, '변발'이라는 이 청나라 시대의 가장 대표적인 기호는 함축적 의미의 기의가 중국의 낙후함과 미개함을 표시한다. 청나라 말년의 중국은 세계열강들에 의해 사분오열되고 침식되었으며, 변발을 한 중국인들 역시 외국 열강들의 조롱거리 대상이었다. 그들은 중국인들을 야만인이나 토착민이라 불렀고, 뒤통수의 변발을 '돼지꼬리'라고 불렀다. 청나라 때의 변발을 영어에서 'pigtail'이라 부르는 것을 통해서도 미루어 알 수 있다. 변발을 이미지로 하는 청나라 말년의 중국인들을 묘사한 대부분의 문학작품과 영화드라마는 부정적이고 비판적인 색채를 띠고 있다. 중국의 낙후함과 미개함을 대표하는 기호인 변발과는 달리 현대 중국 농아 무용수들이 공연한 무용 '천수관음'은 중국 나아가 세계인들의 주목을 받았다. 자립자강의 농아 무용수들이 공연한 이 무용은 고요함과 조화로운 분위기를 통하여 향상을 위해 적극적으로 노력하는 농아인들의 정신적 풍모, 그리고 아름다운 생활에 대한 사랑과 소중한 추구를 드러내면서, 조화롭고 민주적인 현대 중국의 이미지를 전달해 주었다.

3) 고전을 전복하고 재조한 연속성적인 역사기호

역사가 변화하고 발전하는 과정에서 유구하고 생기발랄한 기호들이 역사의 소용돌이 속에서 사라지지 않았을 뿐만 아니라, 도리어 기호의 가치가 부각되면서 세상에 길이 전해 내려왔다. 그 기호들은 대다수가 고전이라는 인기(印記)를 새기고 장기적으로 중국을 대표했다. 연속성적인 역사기호는 기나 긴 역사의 강에서 자기를 끊임없이 재정립하면서 끊임없이 고전적 기호가 재해석되었으며, 같은 겉옷을 입기는 했지만 역사적 단계별로 각기 다른 의미를 나타내는 기호가 되었다.

연속성적인 역사기호는 대체로 같은 함축적 의미를 줄곧 연장할 수도 있고, 기나긴 역사의 흐름 속에서 상이한 역사적 배경과 '화학 반응'을 일으키면서 돌변이 생겨나 상반되는 함축적 의미를 생성했을 수도 있다. 안정적이든 불안정적이든 이 같은 기호들은 언제나 역사적 상황의 변화에 따라 함축적 의미 측면의 기의 의미를 연역했다. 연속성적인 역사 기호의 지시적 의미 측면의 기의는 역사가 발전하는 과정에서 그 어떤 변화도 거의 발생하지 않았다. 하지만 그 함축적 의미는 역사 상황의 변화에 따라 다른 함축적 의미 측면의 기의의 의미를 파생시키거나 심지어 나타난 의미가 그전의 의미와 현저한 차이가 있어서, 고전에 대한 전복이나 재조라고 할 수 있었다.

모든 함축적 의미를 해독하려면, 우선 그 배후의 역사적 가치와 문화적 가치를 이해해야 한다. 단계성적인 역사기호와 연속성적인 역사기호에 대한 분석을 통하여 어떤 종류의 기호이든 그가 적재하고 있는 함축적 의미가 모두 일정한 역사적 언어 환경에서 발생한 것이고, 함축적 의미의 변화 발전과정이 역사적 변혁이라는 곡선에 부합되기에, 그 기호들이 중국역사 변천의 축도라는 것을 알 수 있는 것이다.

2. 실크로드 – 기호 함축적 의미의 기의 다의성 사례 해독의 하나

'실크로드'는 중국과 서양이 무역을 하는 대화의 길이라 불렸는데, 실크로드를 통하여 정교한 공예품만 전달된 것이 아니라 동방 고국(古國)의 이미지도 전달되었다. 하지만 역사시기가 다름에 따라 실크로드의 의미 역시 각기 달랐다.

1) 고대 실크로드– 중국이 세계를 향해 국위를 과시한 길

초기 실크로드의 가장 중요한 무역 형식은 정부 간의 조공무역이었다. 왕조의 대국 풍모를 과시하고자 중국이 하사하는 물품이 조공하는 물품보다 훨씬 많았는데, 이는 동방 대국의 도량(度量)을 구현하는 것이었다. 이 같은 정치적 색채를 띤 무역 형식은 실크로드를 개척한 시초의 목적이었다. 기호로서의 고대 실크로드는 강대한 세력의 대국이라는 함축적 의미의 기의는 중국의 국위를 선양하는 작용을 했다. 고대 실크로드는 자체의 무역기능을 초월하여 당시 중국을 상징하는 기호가 점차 변화 발전했다. '풍요롭고, 강성하다'는 그 함축적 의미 측면의 기의는 고대의 중국경제가 번영하고 창성했다는 상징이다.

E2		R2		고대 중국이 풍요롭고 강성했으며, 그리고 겸용하고 수용했다는 이미지 C2
E1 고대 실크로드	R1		중국과 유라시아 대륙을 잇는 해륙 무역 통로 C1	

도표 1–2–1

2) 중국이 세계로 나아가는 부흥의 길–신 실크로드

19세기 말 과학기술의 진보와 경제 발전은 전 세계를 하나의 네트워크로 밀접하게 묶으면서 지구촌이라는 개념이 점차 형성되었다. 중국과 중아시아, 서아시아 그리고 아프리카를 잇던 고대 실크로드를 바탕으로 중국은 1980년대 말부터 러시아와 카자흐스탄과 공동으로 신 실크로드,

즉 두 번째 유라시아를 잇는 대륙 간 교량 체인을 기획했다. 신 실크로드는 중국이 세계와 교류한다는 신호였으며, 중국이 세계를 향해 문호를 개방한다는 상징이었다. 실크로드는 새로운 경제 사명과 상징적 의의를 가지게 되면서 중국이 대외개방을 하고 서부 대 개발을 하는 하나의 기호가 부상했다. 신 실크로드는 고대 실크로드의 이념을 변화하고 발전시킨 새로운 기호인데, 그 함축적 의미 측면의 기의는 중국이 대외개방을 하고 경제를 회복하고 세계와 적극적으로 협력하겠다는 태도이자 세계인들과 우호적인 교류를 하겠다는 상징이었으며, 동방의 고국이 개방과 부흥을 꾀하고 참신한 중국이 우호적이고 친절하다는 것을 보여주었다.

E2	R2		중국 대외개방, 세계와의 적극적인 협력 C2
E1신 실크로드	R1	중국 렌원강과 유럽 로테르담을 잇는 대륙교 체인 C1	

도표 1-2-2

3) 기호 함축적 의미의 기의 다의성 사례 해독2-공자

공자는 중국 전통문화를 창시한 주요 인물 중 한 사람이자 중화민족의 정신을 상징하는 주요 인물 중의 한 사람이다. 하지만 역사는 공자에게 정치화한 공자, 학술화한 공자, 민간화한 공자 등 여러 가지 역할을 부여했다.[09] 특정 역사시기의 기호인 공자는 그 위치가 역사의 발전에 따라 극적인 역전을 여러 번 겪은 데서 여러 가지 차별화된 의미가 구축되었다.

(1) 봉건시대의 성인

전국시대, 공자는 제자들로부터 '성지시자'(聖之時者), '집대성자'로 추앙을 받으면서 종사라는 이미지를 확립했다. 한무제는 동중서(董仲舒)의 건의를 받아들여 유가학설을 국학의 대표적 학설로 삼으면서, 백가(百家)를 배척하고 유가(儒家)만을 중시한다는 정책을 제창했다.

E2	R2		신명, 지성선자, 봉건적 예의 강상의 대표 C2
E1 봉건왕조에서의 공자 R1		유가 사상의 창시자 C1	

도표 1-3-1

(2) 태평천국 운동에서의 요인(妖人)

공자의 선사성인, 만세사표라는 의미의 연관성은 청나라 말년에 일어난 태평천국운동에서 철저히 와해되었다. 태평천국은 청 왕조의 정권을 맹렬히 규탄한 주요 표현의 하나가 바로 공자라는 이 지성선사의 기호를 전복시키려는 것이었다. 공자를 요마(妖魔)로 정성(定性, 물질의 성분

---

09) 羅安憲,『中國孔學史』, 北京, 人民出版社, 2008.

을 밝히어 규정하는 것 - 역자 주)하고 무기력하게 상제(上帝)에게 애걸하며 용서를 비는 가련한 사람으로 폄하했으며, 공자의 저서들을 요서(妖書)라고 선포하고 일률적으로 몰수하여 소각하게 했다. 그리고 전국적으로 공자사당을 철거하고 공자 상을 때려 부숨으로써 공자를 잠시 성단에서 축출시켰다. 태평천국은 공자를 비판하고 유가를 비판하는, 공자와 유학에 반역을 하는 근대운동의 서막을 열어놓았다.[10] 어떤 의미에서 말하면, 공자를 요인으로 묘사하게 된 것은 당시 정치투쟁의 산물이자 집권자의 정치적 수요였으며, 그 함축적 의미 측면의 기의에 대한 재해석이라고 할 수 있다.

E2	R2		청정부의 공범이자 요인, 천조의 요적(妖敵) C2
E1 태평천국 정권에서의 공자 R1		유가 사상의 창시자 C1	

도표 1-3-2

(3) 유신변법 때 중국을 구한 구성

갑오 해전의 철저한 실패는 중화민족을 위기의 변두리로 내몰았고, 꽈르릉 하는 포성 속에서도 '변혁'은 여전히 피할 수 없는 추세였다. 강유위, 양계초를 중심으로 한 유신파들은 "공자의 가르침을 복원해야 한다"는 슬로건을 내걸고 청 왕조의 개혁을 실현하려 했다. 유산파가 지도한

---

10) 邱濤, 王學斌,「客觀,系統梳理"孔子形象"百年變遷的力作――〈孔子与20世紀中國〉評析」,『高校理論戰線』, 2010년 제1기, 61-65쪽.

변법운동이 개혁이라는 술수를 내놓고, 그리고 공자의 몸에 치중한 것을 기호학의 각도에서 본다면, 강유위 등 사람들이 공자가 중국 역사에서 가지고 있는 독특한 기호 가치를 의식하고서, 만약 변법유신이 반드시 이념적인 권위를 가지고 변법 개조의 합법성을 모색해야 하고, 그러려면 국민들이 '누구나 받들어 모시고 복종'하는 공자를 권위의 모델로 삼아야 하며, "중국을 구하려면 중국인들의 역사적인 습관에 따라 유리하게 인도하지 않으면 안 된다"[11]고 여겼기 때문이다.

유신파는 성인 공자를 빙자할 필요가 있었는데, 그들은 공자의 몸에서 개혁이 따라야 할 옛 제도를 모색하고 옛날의 이치에 맞는다는 근거를 찾아냄으로써 제도개혁을 합리화하려 했다. 성인 공자를 빙자하여 진행한 "옛것에 의존하여 제도를 개혁"하려 한 다른 한 가지 이유는 청 왕조의 봉건제도를 수호하려는 보수주의자들의 공격을 막아내기 위해서는 이미 2천 년 전에 개량주의를 제창한 성인을 끌어내는 것이 최적의 반격무기였기 때문이었다.

유신운동에서, 제도 개혁을 하려는 유신파의 염원에 부합되게 하려면, 정치적 기호로서의 공자의 함축적 의미 측면의 기의가 더는 문화성인, 지성선사라는 의미만이 아니라, 유신파를 도와 제도 개혁을 진행할 수 있는 제창자나 대변인이라는 의미를 첨가하여 청 왕조의 구세주로 만들 필요가 있었던 것이다.

---

11) 羅安憲, 『中國孔學史』, 앞의 책.

E2	R2		청 왕조의 구세주, 제도 개혁의 제창자, 대변인 C2
E1 유신 변법 때의 공자	R1	유가 사상의 창시자 C1	

도표 1-3-3

(4) 5.4운동 시기의 죄인

19세기초 과학과 민주를 제창하는, 데모크라시(민주)와 사이언스(과학)를 옹호하는 신문화운동이 중국 대지에서 줄기차게 전개되었다. 신문화운동은 신해혁명에서 봉건왕조의 잔여물을 제거는 과업의 연장으로서, 서양의 선진적인 민주주의와 과학사상을 중국에 도입하여 사람들의 머리를 속박하는, 공자를 존숭하는 것을 위주로 하는 봉건 잔여사상을 제거하는데 취지를 두었다.

수천 년 동안 봉건왕조에서 지성선사라는 공자의 이미지와는 반대로 5.4 신문화운동에서 공자는 뭇 사람들이 비난하는 대상이 되면서 "공자의 학설을 타도하자"는 구호가 공식화되었다. 수천 년 동안의 봉건왕조에서 대표적인 예교 기호로서의 공자는 5.4 신문화운동에서 전면적으로 비판을 받으면서, 그 함축적 의미의 기의 역시 근본적인 전환을 가져왔다. 공자를 기호화하는 진행과정에서 5.4 신문화운동은 분수령처럼 공자를 지성선사라는 성단에서 끌어내리고, 민족의 진보를 가로막고 자유와 개방을 가로 막는 죄인으로 전락시켰다.

		봉건 예교의 대표, 민족의 진보와 자유 개방을 가로막는 죄인 C2
E2　　　　R2		
E1 신문화 운동 때의 공자　R1	유가 사상의 창시자 C1	

도표 1-3-4

(5) 문화대혁명 때의 계급의 적

　장장 10년 동안 지속되면서 중국 전체를 비극에 빠뜨린 큰 재난인 문화대혁명이 1966년에 개시되었다. 이데올로기 분야에서 전개된 문화혁명은 착취 계급의 낡은 사상, 낡은 문화, 낡은 습관을 타파하는 것을 제창하면서 무산계급의 신사상, 신문화, 새로운 풍속과 습관을 수립할 것을 호소했다. 봉건제도와 예교를 대표하는 기호인 공자는 당연히 과녁이 되었고, '공자를 비판'하는 운동이 문화대혁명의 하나의 큰 테마로 부상했다. 그 당시 "임표(林彪)를 비판하고 공자를 비판(批林批孔)"하자는 슬로건은 주로 정치적 필요성에서 비롯되었고, 공자를 "역사를 역행하는 복벽의 미치광이", "허위적이고 교활한 정치 사기꾼"이라고 묘사하는가하면, 전국적으로 공자 사당과 공부(孔俯)를 때려 부수고 낡은 문화와 낡은 사상을 타파하는 운동이 전개되면서 공자에 대한 비판은 절정에 이르렀다. 성인이라는 명예가 사라진 공자는 비난을 받고 비판과 투쟁을 당하는 죄인이 되어 대중들의 버림을 받았다.

　따라서 역사적 기호로서의 공자는 그 함축적 의미 측면의 기의는 낡은 제도를 수호하는 반동적인 보수파로 전락되어 전국 인민들의 계급의 적이 되었다.

E2		R2		낡은 제도를 수호하는 반동적인 보수파, 전국 인민들의 계급의 적C2
E1 문화대혁명 때의 공자		R1	유가 사상의 창시자 C1	

도표 1-3-5

(5) 신시대 조화로운 정신의 대표

문화대혁명이 종료되자 공자는 '누명'을 벗었고 위대한 정치가, 문학가, 교육가로 추앙되었다. 그리고 공자가 숭상한 '화'(和), '인애'(仁愛) 등 사상은 현대 사회의 가치 취향에 적합했고 조화로운 사회를 구축한다는 정신적 요지에 부합되었다.

세계인들에게 가장 익숙하고 가장 영향력 있는 중국문화 기호로서의 공자는 지금 한창 세계의 주목을 받고 있다. 2012년 3월까지 세계 인구의 86%를 차지하는 105개 국가와 지역에서 358개소의 공자학원을 설립했고 500여 중학교와 초등학교에 공자 교실을 설치하고서 중국어를 가르치거나 중국 문화를 전파하고 있다. 공자학원의 발전은 중국문화가 세계로 나아간 성공적인 사례이자 세계와의 문화교류에서 성공한 '중국의 표본'으로 되었다. 공자는 오늘날 중국의 대외 교류에서 파워가 가장 강한 기호 중의 하나임은 두말할 것 없다.

전통문화 대표로서의 공자가 제창한 '인자애인'(仁者愛人), '이화위귀'(以和爲貴) 사상은 현대중국의 조화로운 사회를 구축한다는 가치관과 약속이나 한 듯이 완전히 일치하면서 자유와 개방이라는 슬로건 하에서 급성장하는 현대중국의 가치 취향과 새로운 불꽃을 발산하고 있다. 따라서 현대중국의 화해사회(조화로운 사회)를 구축한다는 정신적 요지를 함축적 의미 측면의 새로운 시대의 기의라고 해석하고 있다.

E2	R2	조화로운 사회의 정신적 상징 C2	
E1 오늘날의 공자	R1	유가 사상의 창시자 C1	

도표 1-3-6

　역사의 흥망성쇠 속에서 시대의 특정 요구에 부응하고자 공자는 그 역할에서 끊임없는 전환을 거듭했다. 기호로서의 공자는 중국고대의 위대한 사상가, 문학가, 교육가, 철학가라는 기존의 신분을 초월했으며, 또한 시대적 요구에 따라 새로운 이미지를 끊임없이 부여하면서 새로운 함축적 의미의 기의가 생성된 데서 같지 않은 역사적 언어 환경에서 상이한 기의로 된 고전적이고 연속적인 역사 기호가 해석되었다.

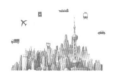

제2장

기표의 선택성-근대중국의 부정적
이미지 커뮤니케이션의 근원에 관한 연구 분석

제2장
기표의 선택성–근대중국의 부정적
이미지 커뮤니케이션의 근원에 관한 연구 분석

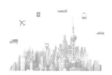

1. 근대중국이 기억하고 있는 기호

'아편전쟁', '불평등 조약', '상권욕국'(喪權辱國, 주권을 잃어 나라를 욕되게 하는 것), '동아병부'(東亞病夫), '우매 낙후'… 이 일련의 문자·기호·기표는 근대중국의 기호 기억이라는 윤곽을 그려주면서 굴욕과 항쟁이 엇갈리며 발전한 근대중국사를 공통으로 제시하고 있다. 중국 근대국가의 이미지를 상징하는 기표는 본래 다원적이고 다양했지만 국제 언어 환경에서 근대중국의 이미지는 덮어놓고 소극적이고 부정적인 색채에 가리어져 있으며, 일련의 부정적 기호는 선택되어 중국근대의 이미지를 연역하는 대표적인 기호가 부상했다.

1) 기표의 다양성
롤랑 바르트는『기호의 제국』에서 다음과 같이 밝혔다.
"군왕에 대한 존중을 표시하는 같은 기의지만 근대중국의 신하들은

'돈수'(頓首, 叩首, 땅에 무릎을 꿇고 하는 절)와 같은 예의를 사용하고, 서양의 왕공귀족들은 '허리 굽혀 하는 절'(鞠躬)로 의미를 표한다. 이로부터 같은 기의지만 같지 않은 기의를 가지고 의미를 표시한다는 것을 알 수 있다. 아울러 중국과 서양의 지역별 환경과 문화적 언어 환경은 기표 선택의 차이성을 육성했다.

하지만 이 같은 차이는 기표의 존재 상태를 다양하게 하면서 기표로 하여금 시대와 사회적 문화라는 지배 하에서 존재하게 했으며, 역사적 조건과 시대적 언어 환경이 변화함에 따라 변화하면서 시대적 문화를 반영하고 특정 문화의 기호를 표현할 수 있게 했다."

매체기술의 변혁은 기표의 다양성을 촉진시켰다. 전통매체로부터 가상매체에 이르기까지, 실생활로부터 예술세계에 이르기까지 오늘날의 기표는 '돈수'나 '허리 굽혀 하는 절' 등 지체 움직임이나 얼굴 표정 그리고 음성과 억양으로 드러내고 전달하는 데만 머무르는 것이 아니라, 문자 기호 기표, 유성 언어 기호 기표, 영상 기호 기표 등을 종합적으로 활용하면서 각양각색의 세계를 구축하고 있다. 기호 체계마다 다중 기표의 합력적인 커뮤니케이션을 통하여 방대한 기호체계를 구축한다. 그것들은 사회풍속을 보존하고 전달하며, 문화유산을 전승시키고 연속시ㅣ는 동시에 수용자들과 새로운 소통방식을 구축한다.

2) 부정적 기표의 보편 선택이 추악한 근대중국의 이미지를 구축

우리가 근대중국사를 펼칠 때, 다중 기표가 우리에게 전달하는 감정 색채가 그 표현에서 놀라울 정도로 비슷하다는 것을 발견하게 된다. 1858년 4월 영국의 유명한 잡지 「펀치」(punch)에 게재된 「광저우에 드리는 노래」라는 글에서 근대중국인의 이미지를 이렇게 묘사했다.

"차이나 맨은 선천적으로 무뢰한, 진리나 법률을 모조리 저 멀리로 버려버렸다네. 차이나 맨은 개망나니, 전 세계에 누를 끼치네. 이 잔혹하고 보수적인 중국인들은 돼지 같이 움푹 파인 작은 눈(옴팡눈)에 기다란 꼬리를 끌고 있네. 그들은 거짓말쟁이, 겁쟁이인 데다 교활하기까지 하다네."[12]

이 글에서 '무뢰한', '개망나니', '거짓말쟁이', '겁쟁이' 등 기표는 근대중국 이미지를 상징하는 은유적 기호가 되었다. 1993년 조지 매카트니 백작이 특사로 청나라를 다녀간 100주년을 맞으면서 영국 역사학자 피어슨은 『민족생활과 민족성 – 한 가지 예측』이라는 책에서 유색 인종, 특히는 중국인들이 끔찍하다는 것을 대량으로 서술했다. 책은 중국인들을 '하등 종족', '열등 인종'이라면서 진부하고 기이한 동방에 산다고 밝혔다. 책은 근대중국의 이미지를 설명하는 기표로서의 '가장 위험하다' '가장 끔찍하다'는 말은 서양 세계를 석권하면서 '황인종'과 관련된 공포감을 조성했다. 영국 소설가 색스 로머(Sax Rohmer)는 푸 만추(Fu Manchu) 박사라는 '악당 중국인'의 전형적인 캐릭터를 만들어냈다.

1840년부터 1905년까지 미국인들 인상 중의 중국 이미지는 부정적이고 소극적이었다. 반세기 동안 일어난 일련의 국제적인 충돌에서 연이어 실패한 중국은 이미 굴욕과 쇠망의 절정에 이르러 있었다. 미국인들에게는 '진부하다', '파멸에 이르다', '더는 번성할 수 없다', '몰락한 제국'이라는 말이 근대중국의 이미지를 대표하는 기표로 각인되었다. 19세기 말 20세기 초는 '황화론'(yellow peril)이 가장 창궐하던 시기였다. 미국사

---

12) 葛桂永, 「一个吸食鸦片者的自白――德 昆西眼里的中國形象」, 『宁夏大學學報』, 2005년 제5기.

회는 보편적으로 중국인을 열등 인종으로 보았다. 이 같은 시각 속에서 중국인들 생활 중의 일부 결함은 한 민족의 결함으로, 일종의 민족전통의 결함으로, 일종의 문화적 결함으로 확대 해석되었다.[13]

서양 세계에서 근대중국에 대한 양상은 일련의 추악한 이미지를 기표로 하는 상징적 기호가 횡행했던 것 같다. 하지만 우리의 머릿속에 들어 있는 근대중국의 이미지와 관련된 기억을 더듬어본다면, 마찬가지로 '진부', '망자존대', '고보자봉'(故步自封) 등 부정적이고 소극적인 기표들이 우리의 인상 속에 남아 있으면서 우리 마음속의 근대중국의 꿈을 구축하고 있다는 것을 발견할 수 있다. 이 일련의 부정적 기표가 더는 서양세계에서 일부러 꾸민 일방적인 주장이 아니라, 중국과 서양사회 모두가 피할 수 없는 근대중국의 이미지와 관련된 상징적 기호가 부상했던 것이다.

2. 다중 선택된 기표 합력 의미의 근대중국의 부정적 이미지

아편전쟁, 동아시아의 병든 인간, 전족 등 우리 기억 속에 잔존해 있는 인기(印記)들이 우리가 근대중국을 인지하는 기호 기표로 된 것처럼 아편, 푸 만추 (Fu Manchu, 영국의 작가 색스 로머가 창조한 세계 정복의 야망을 가진 중국인 악당의 캐릭터이다 - 역자 주) 등은 또한 서양사회에서 근대중국을 묘사하는 기표가 되었다. 또한 이 같은 기표들은 중국에서든 서양에서든 모두 유사한 소극적이고 부정적이고, 굴욕적인 성격을

---

13) 胡勇, 『文化的鄕愁──美國華裔文學的文化認同』, 北京, 中國戲劇出版社. 2003.

드러내고 있다.

1) 의기투합된 '아편전쟁'과 근대중국의 신비한 기질

'아편'은 서양의 담론체계가 근대중국의 이미지에 대한 상상력의 주요 표현이었다. 서양의 문인들은 '아편'을 원형으로 하여 구축한 몽환 장면은 대부분 중국을 가리키면서, 신비하고 농염하고 낭만적이고 공포적인 세계를 의미했다. 예를 들면 호반 시인인 사무엘 테일러 콜리지는 '쿠빌라이 칸'이라는 시에서 이렇게 묘사했다.

"……그러나 오! 삼나무 숲을 가로질러/푸른 산 아래로 기울어진 저 깊은 대지의/갈라진 틈! 황량한 곳! 하현달 아래 언제나/요괴연인을 찾아 울부짖는 여인이 드나들던 곳처럼/신성하고 마력을 지닌 곳!……"[14]

영국 소설가 토머스 드 퀸시의 아편에 관한 환각 역시 이역인 중국의 분위기가 짙게 풍기고 있다. 그의 『어느 아편 중독자의 고백』은 아편중독자인 자신의 경험을 엮어 아편이 주는 몽환의 쾌락과 매력, 그 남용에 따른 고통과 꿈의 공포를 서술했다. "…… 아편은 쾌락을 가져다주는 동시에 끝없는 고통을 가져다준다. 그리고 이 같은 고통은 동방과 동방인들로부터 온다. …… 동방은 하나의 정체이며, 가장 공포적인 국가는 중국이다. 영원히 변하지 않는 국가인 중국은 너무나 폐쇄적이고 경직되

---

14) 『쿠빌라이 칸』 은 영국 시인이자 비평가인 사무엘 테일러 콜리지의 대표적인 낭만주의 시이다.

어 있어서 미라를 연상케 한다……"[15]

아편은 사무엘 테일러 콜리지와 토머스 드 퀸시로 하여금 잠재의식 속의 몽환을 불러일으켰고, 몽환 속에서 그들은 동방에 있는 중국으로 오게 되었다. '아편은 동방의 것', '중국은 세계에서 최대 아편 소비국'이라는 현실적인 기초에 근거한 '아편의 꿈나라가 가져다준 환상적 중국'이라는 심적 체험과 '아편 - 동방 몽환 - 중국'은 그들의 잠재의식 속에 밀접히 연계되어 있었다. 동시에 아편중독으로 인한 고통과 공포감은 몽환적 중국 이미지라는 신비함이나 두려움과 내심적 체험에서 유사성이 존재했다. 즉 기호 기표가 지시하는 함축적 의미 측면의 기의로서의 '아편'은 기호 기표가 지시하는 함축적 측면의 기의로서의 '중국'과 유사성이 존재했다. 따라서 '아편'과 '중국' 사이에는 일종의 은유 관계가 존재했다. 기호 기표이자 중국 이미지를 서술하는데 가장 자주 사용되는 기호 기표로서의 '아편'은 근대중국을 은유적으로 표현하면서 19세기 전반 및 20세기 초까지 영국 문학에 거의 관통되었다.

근대 서의(書意, 책에 쓰여 있는 글의 뜻 - 역자 주)의 담론 체계에서는 몽환 중국을 묘사하든 실제 중국을 표현하든 모두 예외 없이 중국인이 아편을 흡입하는 방식, 그리고 도덕에 대한 상해와 신체에 대한 상해를 언급했다.[16] 영국 선교사 허드슨 테일러(J. Hudson Taylor)가 설립한 중국 내지 선교회에서 간행한 「중국 100만」(China's Millions) 중에는 중국인들이 아편을 흡입하는 정경을 이렇게 묘사했다. "중국에서 아편은 남녀

---

15) 周宁,『鴉片帝國 : 浪漫主義時代的一种東方想象』,『外國文學硏究』, 2003년 제10기.

16) 周宁,『异想天開――西洋鏡里看中國』, 南京, 南京大學出版社. 2007.

노소의 죽음을 재촉하는 역할을 하고 있다. 방마다 연등을 거의가 갖추어놓았고, 남성 10명 중 9명이 외출할 때 연창을 휴대한다. 여관마다 아편 연기가 자욱하다……"[17]

이렇게 되어 "중국은 아편을 흡입하는 국가"라는 논단이 생겨났던 것이다. 이 논단은 자연화 메커니즘의 작용 하에서 기표 '아편'과 기의 '중국' 간의 의미 연관성의 자의성과 황당성을 은폐함으로써 기표 '아편'으로 하여금 서양의 인지체계에서 별로 고려하지도 않고 자연스럽게 '근대중국'과 등가관계를 이루는 의미로 사용되었던 것이다.

2) '아편전쟁'은 근대중국 굴욕사의 발단

'아편전쟁'은 중국인들에게 있어서 그야말로 송곳으로 심장을 찌르는 고통이었다. 하지만 오늘날 근대중국 이미지를 상징하는 기표로서의 '아편전쟁'에 부여한 기의의 의미는 시초의 의미와는 다르다. 즉 기표로서의 '아편전쟁'과 함축적 의미 측면의 기의인 근대중국의 이미지 사이에는 천연적이고 연계적인 연계가 있음으로 해서 사람들이 점차 구축하는 과정을 거쳤다.

청나라 말엽의 사료는, '아편전쟁'은 유럽인들이 동방에 온 후의 일반적인 충돌사건이라고 대부분 기록하고 있다. 그때 기표 '아편전쟁'은 단순하게 지시적 의미의 기의만 지탱하고 있었다. 중화민국(1912-1949) 시

---

17) [한]노재식(盧在軾),「內地會傳敎士与反鴉片運動――以〈中國亿兆〉一文爲中心」,『宗敎學硏究』, 2007
年 6月

기, 사람들은 '아편전쟁'이 중국역사에 미친 심대한 영향을 의식하기 시작했다. 하지만 이 같은 인식은 "아편독이 범람하면서 중국을 해독시킨다"는 데만 머물러 있었다. 1930년대 후의 국민당 통치시기에는 당시의 중국이 경제가 어렵고 낙후한 상황이 발생한 이유를 '아편전쟁'에 돌리면서 '아편전쟁'은 중국이 제국주의의 침략을 받게 된 발단으로서 중국사회가 발전하는데 심각한 영향을 미쳤다고 여겼다. '불평등조약 체결'과 '제국주의의 침략' 등을 중심으로 하여 '아편전쟁'을 상술하면서 중국이 전패하고 불평등조약을 체결한 점을 강조한 것이 당시 비교적 집중된 관점이었다. 오늘날 기표로서의 '아편전쟁'에 대하여 우리나라 사학계서는 '중국근대사의 시작'이라는 시대적 의의와 기의 내포를 부여한데서 근대사가 시작된 시간을 기록하는 기호적 사건으로 되었다.

우리는 청정부의 진부함과 무능함에 대해 무수히 유감스러워했고, 군대가 싸우지도 않고 포기한데 대해 무수히 상심했으며, 국고의 백은이 대량으로 해외로 유출된데 대해 무수히 애석해했고, 국가가 주권을 상실한데 대해 비명을 무수히 질렀다. 우리는 언제나 기표 '아편전쟁'과 그 함축적 의미 측면의 기의 '진부·낙후·치욕' 등 의의 간의 연관성을 끊임없이 강화하고 부각시키면서 양자 간의 은유관계를 성공적으로 구축함으로써 기표 '아편전쟁'의 지시적 의미 측면의 기의를 약화시키거나 심지어 '아편전쟁'을 발단으로 하는 근대중국의 역사 전체에 '굴욕'이라는 불명예를 씌워주었다.

이로씨 근대중국의 이미지를 상징하는 기호가 세상에 널리 퍼짐과 아울러 중국인들의 인지체계에 굳어지게 되었던 것이다.

3) '동아시아의 병든 인간(東亞病夫)', 나약한 중국의 대명사로 부상

아편의 범람과 중독은 중국인들의 육체도 해치고 영혼도 해쳤다. 『자림서보』(North China Daily News)는 아편을 흡입하는 중국인들과 전체 중국의 이미지를 묘사한 글을 최초로 게재한 신문이다. 글 중에 "대저 중국은 동방의 병부로서 마목불인(麻木不仁, 몸이 마비되어 감각이 없는 것 - 역자 주)이 된지 오래다", '동아병부' 등 악의적인 조롱이나 풍자를 통해 멸시하는 색채를 띤 묘사가 적지 않아서, 근대중국이 기억하는 상흔(傷痕)으로 근대중국의 이미지를 상징하는 기표가 되었다.

기표로서의 '동아병부'는 초기에는 단순하게 중국 국민들의 체질이 쇠약하다는 것만 의미한 것이 아니라 국가의 정치적 시세라는 시각에서 중국이 '나라는 무기력하고', '군대는 싸움에서 패하며', '백성은 연약하다'는 것을 의미했다.[18] 모욕과 무능한 색채가 다분한 이 부정적 기표는 청나라 말년 및 그 후의 중국사회에 전파되면서 국내 여론에 강렬한 반응을 일으켰다. 1936년 독일 베를린에서 개최된 제11회 올림픽경기에서 기표 '동아병부'는 중국인의 체질이 허약하다는 것을 형용하면서 중국 스포츠가 낙후하다는 것을 의미하는 전속 기호가 되었다. 한 점의 동명 만화가 중국 올림픽대표단이 완전히 패하는 바람에 탄생하였는데, "올림픽 오륜기 아래 변발에 긴 마고자를 한 마르고 여윈 한 무리의 사람들이 들것에 비할 바 없이 큰 오리 알(鴨점)을 들었다"는 운동선수들의 단체 이지미를 묘사하면서 한없는 경멸과 풍자를 내포하고 의미했다.

---

18) 李宁,「"東亞病夫"的緣起及其演變」, 『体育文化導刊』, 1987년 6기.

청나라 말년부터 중화민국(1912-1949)까지 '동아병부'라는 서양인의 필 끝에서 나온 강렬한 식민지 색채와 제국주의 색채를 띤 기표는 오랜 시 간 동안 서양인들의 인상에 각인되어 있으면서 근대중국사에서 지울 수 없는 기억을 새겨놓았다.

4) '푸 만추', 서양인 시각에서 본 사악한 중국인의 대표적 캐릭터로 부상

서양인들의 시각에서 가장 대표적인 중국인 캐릭터로서의 '푸 만추'는 여러 세기를 거쳐 누적된 중국에 대한 서양인들의 역사적 상상이었다.

중국이 갑오전쟁에서 패전하자 서양 열강들은 중국을 침탈하는 세 찬 바람을 일으켰다. 소박한 애국정서를 지닌 의화단 권민(拳民)들은 이 때부터 '부청멸양'(扶淸滅洋), 즉 청조를 도와 서양 세력을 몰아내는 투쟁 을 벌였다. 하지만 서양인들의 눈에는 권민들의 봉기가 무례하고 야만 적이며 폭력적인 행위에 지나지 않았다. "헤아릴 수 없이 많은 중국인들 은…… 마치 하나 같이 닮은 얼굴에 하나 같이 생긴 머리를 가진 것 같 지만, 오히려 무수한 손과 발을 가진 황색 괴물…"[19]

1912년 청나라가 멸망한 그 해, 영국 작가 색스 로머(Sax Rohmer)는 '푸 만추 박사' 시리즈 소설을 창작하기 시작했다. 주인공 푸 만추 박사 는 박학다재하고 고금동서의 모든 과학지식을 한 몸에 집중한, "학식이 풍부하고 문재가 뛰어나며, 지혜는 손오공과 비길 수 있는 인물"이었다. 하지만 푸 만추는 유감스럽게도 셜록 홈즈도 아니고 제임스 본드도 아

---

19) 자료 출처: 캐나다 중국인 넷. http://www.sinonet.org

닌, 신비와 공포, 음모를 한 몸에 지닌 악당의 두목이었다. 색스 로머는 서양세계의 모든 불행이 황인종의 대표자인 푸 만추와 그리고 그가 거느리는 악당 때문이라고 생각했다. 만약 '황화'(黃禍)를 하나의 구체적인 기표에 의해 지탱할 필요가 있었다면, 푸 만추라는 이 캐릭터가 서양인들의 심적 기대를 훌륭하게 충족시킬 수 있는데서 19세기 서양인들 상상 속의 '황화'의 화신으로 자리 잡을 수 있었다. 따라서 "대머리에 깡마른 체구, 치켜선 긴 눈썹, 음흉한 얼굴을 한 중국인 이미지"가 탄생했던 것이다.

대중문화의 시장을 겨냥하기 위해 특별히 만들어진 '중국 망나니'의 이미지인 푸 만추는 서양 민간사회에 유행되기 시작했다. 한편 서양인들 안중에 있는 상상으로서의 기표인 중국인 푸 만추는 차이나타운에 서양세계를 수시로 무너뜨릴 수 있는 암흑가를 구축한다.

다른 한편으로, 기표로서의 푸 만추는 서양인들의 안중에 있는 중국 본토의 '푸 대인(大人)'을 의미하는 것이므로 그는 오로지 세계를 정복하려는 생각에 골몰하는 사악하지만 평소에는 부드럽고 예의 바른, 비범한 능력의 소유자이다. 서양에서 푸 만추는 모든 사람이 다 아는 중국을 상징하는 기호가 되면서 음침하고 사악하며 공포감을 주는 중국 이미지가 구축되었던 것이다.

"1959년 사망할 때까지 색스 로머, 그리고 그의 영향을 받은 기타 작가들은 푸 만추라는 이 마귀의 이미지를 둘러싸고 수십 부의 소설을 창작하면서, 영미 문학계에 경쟁이나 하듯이 연이어 관련 소설을 쓰는 굉장히 특이한 현상이 나타났다."[20] 푸 만추를 주인공으로 한 소설은 구미와 아시아 등 30여 개 국가에 넓게 퍼지었다. 그중 색스 로머가 쓴 6부로 된 『푸 만추 박사』 시리즈 소설이 영화로 각색되었다. 만약 이 치밀하게 제작된 캐릭터가 문자기호라는 기표에 의존하여 제작되는 가운데 어느 정도 말라깽이에 무미건조하고 융통성 없는 이미지였다면, 수십 년 동안 세찬 파도와 같은 영화계의 끊임없는 과장을 거치면서 '악마 중국'이라는 이미지가 서양 대중문화의 책 속에 살아 숨 쉬는 듯이 생생하게 응고되어졌던 것이다.

이른바 "한 사람의 상상으로는 책 한권만 쓸 수 있지만, 대중들의 공통된 상상은 한권의 책을 베스트셀러로 만들 수 있다"[21]는 말이 바로 이같은 현상을 잘 대변해 주고 있다. 기표로서의 푸 만추는 '황화'의 문학 전형일 뿐만 아니라 서양의 집단 무의식에서 중국에 관한 공통된 상상을 의미하면서 커뮤니케이션되었던 것이다.

5) 중국이 낙후하고 야만적이라는 타자에 대한 서양인들의 상상을 만족시킨 '전족(纏足)'

서양 열강들이 총과 포를 가지고 중국의 대문을 열어젖혔을 때, 그들은 한 신비한 나라의 생존 상황만 눈에 뜨인 것이 아니라, 이 나라의 사상문화도 감지할 수 있었다. "거의 알아보기 힘든 한 쌍의 작은 발"은 서

---

20) 李貴蒼, 「揭露"傅滿洲医生"」, 『文藝爭鳴』, 2009년 1기

21) 周宁, 『龍的幻象』, 北京, 學苑出版社, 2004.

양인들의 눈에 정상상태의 중국 여성 이미지로 비춰지면서 이역의 문화에 대한 그들의 인지를 구축했다.

'전족'이라는 이 인간 신체의 정상적 발육을 심하게 손상을 입히는 행위는 천년 여 동안 지속되어 내려오면서 봉건사회의 일대 사회풍속으로 자리매김했다. 기호 기표로서의 '전족'은 서양세계에 중국 이미지와 관련된 '문화적 타자'(cultural Other)라는 표현을 가져다주었다. 이 같은 풍습이 1920년대에 이미 성공적으로 폐지되기는 했지만, 일종의 문화적 은유로서의 '전족'은 당대의 서양문학에서 여전히 아주 인기 있는 문화적 기호가 되고 있다.

펄벅의 『대지』와 『오 여사의 규방』, 하진의 『기다림』, 도로시·커(多羅西科)의 『한 걸음이 한 떨기 연꽃 – 전족과 신』 등 '전족'과 관련된 문학작품은 서양 독자들과 비평가들의 지대한 관심을 불러일으켰다. 우리나라의 당대 유명한 작가 펑지차이(馮驥才)의 소설 『산촌 금련(전족)』 영역본 역시 미국에서 베스트셀러가 되었다. 서양의 일부 문예 비평가들은 심지어 전족을 중국문화의 심층적 문제를 탐구하는 해석 기호가 간주하고 있다.

당대 서양의 비평가들은 기표로서의 '전족'을 야만적이고 낙후하며 비인성적인 기의를 의미한다고 여겼다. 이는 가부장제와 남권주의라는 중국사회의 이미지에 대한 그들의 인지를 검증해주었다. 이 같이 탄생한 '산촌 금련의 미'는 중국 여성들의 생존 처지와 시대적 특징을 드러내 보여주었다. 중국의 이미지를 암시하는 기표로서의 '전족'은 서양의 가치관에서 볼 때 매우 우매하고 진부하고 야만적이고 전제적이고 이성이 결핍되고 이단적인 사교를 의미하고 있음은 두말할 것도 없다. 중국 여성들의 전족 이미지에 대한 서양인들의 이해는 물론 중국과 서양의 사회적 환경, 정치적 조건, 문화적 차이, 심미관의 차이 등 영향이 적지 않게 작용했다. 펑지차이 선생의 『삼촌 금련』의 머리말에서 밝힌 것처럼 "미국인들의 문화는 너무 공공연하고 솔직하기 때문에 나는 어떻게 해서든지 미국인들에게 작은 발에 깃들어 있는 심오한 문화적 내용을 분명하게 설명할 방법이 없었다…"

서양인들이 중국을 동경하는 마음이든 사악하고 끔찍하다는 생각이든 모두 서양문화 자체의 투영이고, 서양 시각 중의 타자로서의 이미지이며, 상상적 지도 위의 중국 기호 기표인 것이다. 때문에 기표로서의 '전족'은 신비한 중국에 대한 그들의 무궁무진한 환상을 유발시키면서 부족한 동방문화에 대한 과장된 보충이 되어 낙후하고 진부한 근대중국을 영원히 의미하고 있는 것이다.

3. 기표 선택성에 영향을 주는 다중 요소 분석

중국사회와 서양사회는 '근대중국'이라는 이 같은 역사시기 국가 이미지에 관한 묘사에 있어서 각자는 특정한 사회 역사적 언어 환경에 의해 구축했다. '문화적 타자'로서의 근대중국의 이미지는 자기의 정체성을 실현하는 것을 도와주면서 지연문명이라는 새로운 관념과 질서를 확립하고 서양 중심주의라는 이데올로기와의 담론 패권을 구축했다. 동시에 문화 패권이라는 이 감시 역량은 근대중국 이미지의 자기 인지에 심각한 영향을 미치면서 중국과 서양 양측이 근대중국 기호를 상징하는 다원적 기표를 선택할 때 놀라운 유사성을 드러내게 했다. 따라서 부정적 기표는 당당하게 근대중국을 의미하는 대명사로 부상했다.

1) 정치적 판도와 분할세력이 근대중국을 상징하는 기표를 선택하는 데
  에 미친 영향

　서양의 중국 이미지 연역은 역사의 변화와 발전 과정에서 시계추처럼
계속 흔들렸다. 여기서 중국과 서양의 사회 경제 발전과 국제정치의 변
화가 피할 수 없는 요인으로 작용했다.

　마르코 폴로의 『동방견문록』은 동방의 신화를 중국을 중심으로 알렸
다. '신비', '기묘', '아름다움', '세속의 낙원'은 중국 이미지를 상징하는 기
표가 되었다. 대항해시대(Age of Discovery)는 동방의 신화를 증명함으
로써 중화제국이 서양인들 마음속의 시체(時体)적이고 흥미 있는 생활
낙원이자 자유롭고 너그러운 정신적 귀착점으로, 개명하고 선진적인 정
체의 모델로 되게 했다. 하지만 서로 대조를 이루며 재미가 있는 것은
서양 자체의 정치 경제적 확장 욕망과 동방에 대한 앙모와 동경이 동시
에 존재했다는 점이다. 두 가지 저촉되고 어긋나는 심리적 선은 중국역
사와 서양역사의 진보와 발전을 촉진시켰다. 18세기 중엽 서양은 현실
적인 정치와 경제적 동인으로 인해 이 한줄기 장력(張力)을 중국 이미지
를 부정하는 극단적인 방향으로 돌려세웠다.

　1742년 안슨의 『세계 일주 여행기』와 1748년 몽테스키외『법의 정신』은
'타락', '공포', '폭정'이라는 묘사를 중국 이미지 기호 체계에 끌어들이면
서 문명 중국이라는 긍정적인 이미지를 점차 고쳐 쓰게 했다. 서양의 식
민주의라는 경제 성장 방식과 현대적 정치 체제 이념의 비교로 인하여
'정체된 역사', '쇠패(衰敗)한 문명', '전제주의', '야만적 노역'이라는 말들
이 엄연히 중국 이미지를 암시하는 기호가 부상했다. 아울러 중국경제
는 하락세가 나타났고, 이런 상황은 근대중국의 역사가 시작되고 끝날

때까지 지속되었다. 망자존재(妄自尊大앞디 생각도 없이 잘 난체 하는 것 -
역자 주)하면서 '오랑캐'들을 직시하기를 원하지 않던 중화제국이 쇠락한
것이다.

두 차례 발생한 아편전쟁은 청 정부의 무능과 진부함을 여실히 드러내
보였고, 중국과 서양의 판도는 곧바로 변화가 생겼다. 중화제국의 존엄
은 굴욕적인 전패와 일련의 불평등조약을 체결하면서 철저히 상실했다.

18세기 후기부터 중국 이미지를 부정하는 현상이 나타나기 시작했다
면, 19세기는 이 같은 소극적인 정서가 절정에 이르렀다고 할 수 있다.
포기 대상으로의 중국은 날로 많은 비평과 조소, 질책과 멸시를 받았다.

이는 분명 서양 사회가 지속적으로 완성한 사회혁명 및 산업혁명과 밀
접히 연계되어 있다. 부정적인 중국 이미지 구축은 서양사회가 식민주
의 경제 확장 수요와 세계를 정복하려는 일종의 욕망적인 책략이었다.
황금이 도처에 널려있고 유혹이 끊이지 않는 거대 시장을 신속하게 돌
파하기 위해 "부정적이고 사악한 중국 이미지를 형상화했는데, 이는 아
편전쟁과 식민통치를 위해 마약 거래와 전쟁의 죄악적인 근원을 은폐
해 주었을 뿐만 아니라 침략과 약탈에 소위 정의라는 이유를 제공해 주
었다."[22] 19세기 이후의 근대중국의 이미지는 암담하고 희망이 없다는 이
미지로 전환하면서 상술한 기표가 의미하는 '진부하다', '사멸되어 가다',
'사악하다', '우매하다'는 근대중국은 남은 목숨을 겨우 부지하면서 서양
식민주의의 '구조'에 의해서만이 생존할 수밖에 없는 듯했다.

---

22) 陶永生,『西方視域中"中國情結"的▓調景觀——西方文化審美視野里的"中國觀"』, 山東大學 2007年
    碩士論文.

2) 문화적 심리상태가 근대중국을 상징하는 기표를 선택하는데 미친 영향

특정 사회적 언어 환경 하에서 담론 책략으로서의 근대중국 이미지
는 서양이 식민지를 확장하는 과정에서 중국과 서양의 국력 간의 대결
과 관련될 뿐만 아니라, 문화적 심리상태를 변천시킨 요소를 암시하기
도 한다. 칭기즈칸은 옛 대륙을 휩쓸면서 유라시아 대륙의 문명 일체화
진전을 추진하고 서양문화의 시야에 "재부가 구름같이 모여들고", "질서
정연한" 동방의 신화를 다져놓았다. 당시 중국 이미지를 상징하는 기표
로서의 "땅이 넓고 물산이 풍부하다", "깨끗한 정치", "역로 종횡", "삶의
낙원" 등 표현은 확실히 물질적 번영, 안정된 정치, 발전한 상업무역, 편
리한 교통 등 중국 현실과 밀접히 관련되어 있었다.

중세 말기 빈곤과 질병이 번갈아 닥쳐오고 사회가 불안하며 사상이 속
박을 받는 유럽 입장에서 말하면 기백이 넘치는 중국의 강성과 창성은
문화의 세속적인 욕망을 촉발하면서 기독교 문화의 속박을 타파하고 봉
건사상의 곤경에서 벗어나야 한다는 계시가 되고 자본주의 문명이 싹틀
수 있는 동인의 하나가 되었을 뿐만 아니라, 유럽문화가 자기 동일성을
찾고 그것을 추월해야 하는 필요성으로 부상했다.

계몽운동은 중국의 국가 이미지를 부정적인 방면으로 전환시키었다.
계몽사상가들은 기독교 교의와 서양의 진보적 사상을 커뮤니케이션하
는 것을 완고하게 배척하는 중국인들을 이해할 수가 없었다. 중국에서
의 실질적인 조우와 견문은 한때 중국문화에 부정하던 서양사회의 문화
적 심리상태에 변화가 생기게 했다. 그리하여 '문화가 정체되고', '우매하
고 낙후하다' 등 중국 이미지를 상징하는 기표들이 계몽운동 후기의 프
랑스와 영국의 문학작품에 등장하기 시작했다. 셸리는 중국인을 '길이

들지 않은 야만족'이라고 보았고, 바이런은 마땅히 멸시와 조롱을 받아
야 하는 사람들로 보았으며, 테니슨은 "유럽에서 50년 사는 것이 중국에
서 100년을 사는 것보다 낫다"는 논평을 내놓기도 했다.

18세기 말 이후, 서양의 국가들은 줄곧 현대문명을 유포하고 전하는
사명을 짊어지고 있다고 자처했다. 이 같은 문화적 심리상태는 근대중
국 역사가 시작되고 끝날 때까지 지속되었다.

그들은 한편으로는 중국이 낙후하고 정체되었다고 헐뜯고 떠벌렸으
며, 다른 한편으로는 세계문명을 구제하는 역할을 담당하면서 '우매와
전제', '야만과 정체', '도덕적 문란', '마음이 음침하다'는 등 근대중국의
국가 이미지를 상징하는 기표를 구축함으로써 중국을 정복하려는 식민
욕망을 문명이 야만을 정복하고 자유로 전제를 대체하며 진보로 정체를
인도하는 정의적인 거동이라고 말했다. "중국 이미지를 저급하고 열등
한 제3자로 간주하면서 제국주의시대 서방의 식민론을 구축[23]하는 동시
에 서양사회 문화적 심리상태를 투영하였다."

3) 강세문화의 감시력(감시 효과, 판옵티콘)이 근대중국을 상징하는 기표
   를 선택하는데 미친 영향

르네상스로부터 계몽운동에 이르기까지 서양사회의 문화적 심리상태
는 이념을 각성시키는 상태에서 스스로 만족(자족)하는 상태에 들어섰

23) 周宁,宋炳輝, 「西方的中國形象硏究——關于形象學學科領域与研究范型的對話」, 『中國比較文
    學』. 2005년 제2기.

다. 하지만 경제적 확장과 정치적 식민화라는 공통의 요구는 문화의 현대적 발전을 가일층 촉발시키면서 '자족문화'가 '강세문화'로 전환하도록 했다.

탈식민주의 사상가인 그람시는 서방사회의 정치적 상황을 "부르주아 계급이 통치한 후… 자기 국가와 자기 민족의 특점에 따라 교육·문화 예술 연기·이데올로기를 통하여 지도권을 점차 달성한다"[24]고 밝혔다. 즉 이 같은 지도권은 강제력이 아니라 문화적 흡인력이나 감화력, 동화력을 통하여 달성한다. 그것들은 수용자들의 문화적 심리구조에 변화가 생기게 함으로써 '타자'의 지식 체계에 자기 주체의식의 재구성을 완성케 하였다.

아편전쟁 이래, 장기적으로 식민지통치 아래에 처해 있던 근대중국은 문화적 주체성 역시 서방 강세문화의 지배 하에서 점차 모호해지게 되었다. 강세문화의 주류가 되는 말에 대한 독점, 약세문화에 대한 배척은 '노예와 자유', '우매와 문명', '진부와 진보'라는 이원적 대립을 분명하게 형성하면서 문화주체의 심리구조의 발생을 촉진시킴으로써 '오랑캐'를 무시하던 중화제국의 문화에 희망이 없는 열등감이 넘쳐나게 했다.

근대이래 빈곤과 낙후에서 해탈해야 하는 필요성으로 인해 중국의 문화는 급진적인 발전을 거치게 되었다. 서방문화는 중국이 현대적으로 발전하는 과정에서 참조할 수 있는 목표가 되면서 일약 중국문화가 접근하려는 중심으로 부상했다.[25] 몇 세기 동안 진행된 '서학동점'(西學東漸)

---

24) 馬广利, 「文化霸權 :后殖民批評策略研究」, 蘇州大學 2008年 博士論文.

25) 徐尙楠, 「西方文學對中國文化和文學現代性進程的影響」, 『華南理工大學學報』, 2001년 제3기.

은 중국문화의 주체가 서방의 중국관에서 답안을 찾는데 익숙해지게 했다. 이 같은 사고의 관성은 중국 주체의 자기 인지에 강대한 감시 효과(감시력)를 발생하면서 모종의 이론적 패권을 형성했다.

서양 강제문화의 압박 하에서 근대중국의 많은 조치와 거동들은 마치 '서양의 옳고 그름에 의해 옳고 그름'을 판단하는 것과 같은 일종의 반응을 보였을 뿐만 아니라, 흔히 서방의 승인이나 용납을 일종의 성공으로 여기게 되었다. 중국의 여러 문화 분야는 감시 효과의 작용 하에서 서방이 제정한 게임규칙을 인정하고 또한 받아들였다. 강세문화의 감시 효과는 사람들의 찬동을 얻으면서 이데올로기와 문화 패권의 영향을 깊이 받은 사람들로 하여금 자발적으로 '선진문화'의 인도를 받아들이게 한다. 이 같은 심각하고도 지구적인 문화 감시 효과는 중국과 서양 양측이 근대중국 기호를 상징하는 다원 기표를 선택할 때에도 놀라운 유사성을 보여주었다. '진부', '우매', '낙후' 등 부정적 기표는 크게 비난할 것 없이 당당하게 근대중국의 국가 이미지를 지시하면서 중국과 서양의 담론이 공통으로 구축한 근대중국을 의미했다.

4) 오리엔탈리즘 이론이 근대중국을 상징하는 기표를 선택하는데 미친 영향

에드워드 사이드의 『오리엔탈리즘』(Orientalism)은 1978년 발간된 후 서양 나아가 세계 학술계에 강렬한 반응을 일으켰다. 이 저서의 이론적 초석인 '오리엔탈리즘'은 탈식민지주의 이론체계에서 회피할 수 없는 논제로 신속하게 부상했다. '오리엔탈리즘' 이론은 "서양은 자체의 경제 정치 문화의 이익에서 출발하여 일련의 동양을 재구성(리팩터링)하는

지식을 날조함과 아울러 자기 특정된 각도에서 출발하여 동양에 대한 새로운 인식을 내놓았으며, 일부러 문학 저작 역사 저작 학술 저작을 통하여 묘사한 동양 이미지가 제국주의의 정치와 군사를 위해 복무하게 했다.'[26]

따라서 토머스 드퀸시가 『어느 아편 중독자의 고백』에서 아편의 몽환이 그에게 가져다준 신비·공포·암흑·혼란을 묘사할 때, 헤겔 역시 서양 이미지와 대립되는 중국 표징인 원시·두려움·우매·정체를 엄숙하게 논증했다. 이 양자는 내용적으로 상호 참조하고 상호 인증했을 뿐만 아니라, 심지어 일련의 용어·이미지·담론·관념을 가지고 서양사회의 중국 원형을 구축하고 지배하고 커뮤니케이션했다.[27] 이와 같은 담론 체계에서 중국 이미지를 상징하는 기표로서의 '아편'은 은유라는 방식을 통하여 서양의 식민지 확장 욕망을 은폐하면서 서양의 침략 죄행과 정복 죄행에 합리화라는 외투를 걸쳐주었다.

하나의 학술 용어로서의 오리엔탈리즘은 그 흥기에서 서양 세계에 100년 간 지속된 식민지 확장사가 동반했고, 한 가지 사고방식으로서의 오리엔탈리즘은 서양 사회가 터무니없이 날조한 한 폭의 몽환적 신화를 연출했으며, 일종의 권력 메커니즘으로서의 오리엔탈리즘은 서양제국이 동양에 억지로 구축한 정치적 학설이었다.

'오리엔탈리즘'은 지식의 형식적인 적응 및 서양의 식민지 확장을 지지하는 필요성에 근거하여 그 배후에 서양의 문화이론과 권력 운영방식을

---

26) 劉桂芹, 「薩義德東方主義思想探析」, 『岱宗學刊』, 2008년 1기.

27) 周宁, 宋炳輝, 「西方的中國形象研究 — 關于形象學學科領域与研究范型的對話」, 『中國比較文學』, 2005년 2기.

포함하고 있었다. 그는 추악하고 부정적인 중국 이미지를 구축하는 것을 통하여 서양의 모든 것이 동양보다 우월하다는 신화[28]를 만들어내어 서양의 글로벌 확장을 합리화함으로써 서양이 지연(地緣)문명의 새로운 질서를 확정하는데 지식적인 논증을 제공했다.

5) 심리적 간섭 메커니즘이 근대중국을 상징하는 기표를 선택하는데 미 친 영향

미국 학자 조셉 클래퍼는 『매스 커뮤니케이션의 효과』이라는 논저에서 '선택적 심리'라는 용어를 내놓았다. 선택적 심리란, 수용자들이 커뮤니케이션 과정에서 메시지, 매스미디어 및 커뮤니케이션 방식에 대해 나타내는 적극적인 사고 현상과 행위 결과를 말한다. 즉 선택적으로 접촉하고 선택적으로 이해하며 선택적으로 기억하는 것을 말한다. 아울러 이 같은 선택은 주체가 처해 있는 환경, 집단과 심리적 특징 및 정서 등의 영향을 받는다. 때문에 근대중국에 관한 서양사회의 인상 역시 선택적 낙인이 찍히는 것을 피할 수 없었다.

디포가 중국 이미지에 대하여 일부터 극단적으로 부정하고 비평한 것은 그의 "다른 나라와 다른 민족을 식민지 교역 대상으로 삼아야 한다"는 정치적 입장과 일치했다. 몽테스키외는 '공포'를 중국 기호를 구축하는 기표로 삼았는데, 전제통치를 반대하는 그의 정치적 원칙과 무관하지 않았다. 19세기 서양사회가 구축한 1차원의 이국 이미지 태그는 이국

---

28) 陳瑛, 「"東方主義"与"西方"話語權力 — 對薩義德"東方主義"的反思」, 『求是學刊』, 2003년 7기.

문화를 저속하고 부정적인 지식 체계로 보았는데, 역시 서양 중심주의에 의해 형성된 역사적 문화적 배경과 갈라놓을 수 없다.

서양의 사상가들과 정치가들은 각자의 다른 입장과 사상체계에서 출발하여 그들이 흥미를 가지는 모든 것을 조명하고 선택했다. 우리가 중국을 시야에 넣는 것은 자체적인 사상 이론체계를 구축하는 필요에 의해서였다면, 그들은 실용주의를 취하면서[29] 중국을 부정적 예증으로 하여 상상하는 중국을 재구성하고 재창조했다.

물론 선택된 부정적인 중국 이미지가 서양문화에 나타난 것은 서양문화의 불충분한 점을 드러내려는 것이 아니라 서양문화의 우월함과 완벽함을 인증하려는 것이었다. 그것은 모종의 '진리성'에 의해 중국에 관한 서양의 변명을 지속적으로 좌지우지하면서 "같지 않은 장소에서 발생하는 텍스트에 중국을 설명하는 어휘, 이미지, 여러 가지 수사적 기교를 제공하고, 관념과 문화 역사 속의 권력구조를 구현하고자 정치와 경제, 도덕권력에 끊임없이 침투하기 시작했다."[30]

고전적 기호학은 모든 정력을 기의의 다의성을 명시하는데 골몰하면서 기표의 다양성을 등한시했다. 하지만 우리가 주의력을 근대중국을 의미하는 다양한 기표에 집중할 때, 그 기의의 단일성도 발견할 수 있었다. 즉 부정성이 근대중국의 이미지를 의미하는 기표의 공통성으로 되었다는 것을 발견했다. 물론 이는 기호학 연구 자체의 특성이 아니라, 굴욕적인 근대중국이 우리에게 남겨놓은 전체가 나약(무능)이라는 기표

29) 葛桂彔,「西方文化視野中的中國形象及其誤讀闡釋」,『淮陰師專學報』, 1997年 01期.

30) 周宁,宋炳輝,「서양의 중국 이미지 연구-이미지 학과 분야에 관한 규범적 유형 연구와의 대화(西方的中國形象研究――關于形象學學科領域与研究范型的對話)」,『中國比較文學』, 2005年 02期.

로 가득 찬 한 질의 문화유산이었다. 이 단일하고도 어느 정도 무미건조한 배후에는 기표가 메시지를 전달하는 과정에서 결코 단순하게 피동적이고 단조로운 물리적 매개물 역할만 한 것이 아니라, 선택이 되고 구축이 된 토대 위에서 기표의 정체성과 자기 정체성을 완성했다는 것을 명시하고 있다. 기표의 성공적인 구축은 정치와 경제적 조건에 의존하고 군사와 문화적 파워에 의존한 이상, 시대와 사회적 환경 그리고 뿌리 깊은 전통적 인지패러다임을 이탈할 수가 없다.

기의를 완전히 박리(剝離, 벗겨냄)하거나 방임한 상황에서 다양하거나 단일한 기표의 표현형식은 우리로 하여금 가상 기호의 세계와 진실한 현실세계의 관계를 진일보 인식할 수 있게 했으며, 이 같은 관계가 중국과 서양이 근대중국을 인지함에 있어서의 작용을 진일보적으로 인식할 수 있게 했다. 즉 근대중국을 역사적으로 말하면, 메시지를 인지함에 있어서의 은폐와 선택에 어떻게 해서 변천이 생겼느냐를 진일보적으로 인식할 수 있었던 것이다.

제3장

메타언어 메커니즘: 당대의 중국
이미지를 적극 구축한 민간 기호

제3장
메타언어 메커니즘: 당대의 중국 이미지를 적극 구축한 민간 기호

　중국 국가 이미지 홍보영상 『인물편』이 2011년 1월 17일 미국 뉴욕 타임스퀘어에서 공식적으로 등장했는데, 이는 중국이 최초로 세계에 공개적으로 자신감 있게 자기 '소프트 파워'를 선보인 사례이다. 『인물편』에는 중국 과학기술 분야, 금융 분야, 스포츠 분야, 문학예술 분야 등 각 분야에서 선출된 50여 명의 걸출한 인재들 영상이 한 팀 한 팀씩 군상 형식으로 잇달아 나타나면서 세계에 중국인의 얼굴을 드러내며 국가 이미지를 상세히 해석했다. 홍보영상은 이내 엄청난 반향을 초래했다. 하지만 지원(紀實) 싱가포르 불교대학 부교수의 견해는 우리의 사색을 불러일으키지 않을 수 없었다. 그는 중국 국가 이미지 홍보영상은 사실 중국이 아직도 세계를 이해하지 못했다는 것을 설명한다고 말했다.

　"나는 최근의 이 홍보영상을 거듭 보면서 과거 홍보영상들과 다른 점이 별로 없다는 것을 발견했다. 아름답고 절묘하게 만들어서 보기에는 세속을 초탈한 천국 같아도 귀의할 수 있는 인간적인 따스한 느낌을 별로 안겨주지 못했다. 하지만 이 점을 서양문화에서는 아주 중요시한다.

특히 이번 홍보영상에 등장하는 인물은 모두가 '중국인'의 안중에 있는 명인들이어서 야오밍과 장쯔이를 제외하고는 일반 미국인들이 알아보기 힘들다고 나는 생각한다. 얼굴도 이름도 모르는 한 무리 사람들이 화면에 슬쩍 나타났다 사라진다고 하여 한 국가에 대한 외국인들의 인상이 바뀌어 질 수 있는가 말이다. 당연히 그렇게 될 수는 없는 것이다."[31]

그는 이 홍보영상은 사실 여전히 중국인 자신의 각도에서 찍은 광고라면서, 만약 우리가 서양인들로 하여금 중국을 이해하게 하려면 서양인들의 각도에서 찍어야 한다고 지적했다.

"중국인들 자신의 안중의 한 무리 명인들을 요청하여 무대에서 패션쇼를 하기보다, 이전에 창장(長江)에 홍수가 범람할 때 한 해방군 병사가 가슴까지 올라오는 물속에서 비닐포대를 머리에 이고 있고, 대야 속에는 젖먹이 애가 쌔근쌔근 자는 모습을 담은 사진을 올리는 것이 나았을 것이다. 혹은 일반 가정의 평범한 생활이거나, 하루 동안 힘들게 일하고 집에 들어서면 활짝 미소 짓는 모습을 올렸더라면 중국을 다녀간 적이 없는 구미 사람들에게 정치제도가 다르기는 하지만 그곳에는 다른 종류의 인간들이 살고 있는 것이 아니라 자기들과 마찬가지로 따뜻한 피가 흐르는 인정 많은 사람들이 살고 있다는 것을 이해시키기에 충분했을 것이다."[32]

리처드 에델만 피알(P.R) 전문가가 밝힌 것처럼 "(국가 브랜드 수립)은 정부와의 관계와 멀어지면 멀어질수록 더욱 효과적"이 될 수 있는 것이

---

31) 기원(紀贇),"중국 국가 이미지 홍보영상은 중국이 아직도 세계를 이해하지 못했음을 설명하다", http://www.people.com.cn/GB/32306/33232/13829740.html
32) 기원, 위의 인터넷 영상.

다. 사실 대중들의 생활과 정부의 업무 업적은 갈라놓을 수 없는 것이므로, 그 배후의 깊은 뜻은 말하지 않아도 알 수 있는 것이다.

1. 파편화(破片化, 碎片化) 시대의 국가 이미지

1990년대 이후 인터넷 기술이 발전하고 보급됨에 따라 인류사회는 점차 정보화시대에 들어섰다. 정보화시대의 가장 뚜렷한 특징의 하나가 바로 '파편화'이다. 미국 유명한 미래학자 앨빈 토플러(Alvin Toffler)가 『제3의 물결』이라는 저서에서 밝힌 것처럼 오늘날은 정보의 파편화, 수용자의 파편화, 매체의 파편화가 된 파편화의 시대이다. 인터넷을 통하여 정보를 빠르고 편리하게 얻을 수 있게 되면서, 글 한 편을 읽기 위해 신문이나 잡지를 구매하거나 뉴스 사건을 접하려고 텔레비전 앞에 앉아 있는 사람들이 날로 줄어들고 있다. 정보 커뮤니케이션 방식의 변혁은 인터넷 사회집단의 관계를 토대로 한 커뮤니케이션 방식을 흥기시키면서 전통 매체의 정보 커뮤니케이션 루트를 약화시켰다. 그러나 인터넷 정보가 대량으로 누적되어 있기는 하지만 뿔뿔이 널려있는 분포 양상을 보이고 있다. 특히 젊은 층은 포털 사이트, 사회화 매체, 블로그, 포럼 등 정보원이 광범위하기 때문에 즉석식의 방식으로 정보를 선택하여 읽고 수용한다. 웨이보(微博), 위챗(微信)의 등장은 파편화된 정보 커뮤니케이션의 진척을 한층 촉진시켰다.

앨빈 토플러는 "개개인으로 말하면, 우리는 분산되고 모순된 이미지에 둘러쌓여 전통적인 관념이 시련을 겪게 되면서 우리 머릿속은 지리멸렬

하게 산산조각이 났다."[33]고 밝혔다. 현대사회는 정보가 날로 복잡해지고 다양해짐에 따라 새로운 매체(뉴미디어) 기술의 운용으로 인해 정보의 커뮤니케이션과 수용 방식이 날로 파편화됨에 따라 수용자들의 정보원 역시 다양한 양상을 띠게 되어 더는 단일한 정보 루트를 가지고 전면적이고 효과적인 정보를 얻기가 아주 어렵게 되었다. 하지만 다방면 루트의 정보를 통합하면 총체적 인상을 재구성할 수 있었다. 예를 들면, 2011년 일본 대지진이 발생했을 때, 많은 수용자들의 정보는 소셜 미디어, 웨이보, 핸드폰 메시지 리트윗(轉發), 포털 사이트, 동영상 사이트 등으로부터 왔는데, 출처가 다름에 따라 정보 내용도 조금씩 달랐지만 수용자들은 정보에 대한 정리와 통합을 거쳐 최종적으로 일본 대지진과 관련된 총체적인 상황을 얻을 수 있었다.

  정보 전송방식의 변화는 동시에 사람들의 인지 과정을 변화시키면서 파편화된 정보에 대해 점차 정보를 수용하는 일반 과정으로 통합하였다. 이로부터 한 국가 이미지에 대한 인식 역시 감성이 넘쳐나는 파편화된 판단이자 이 국가의 어느 한 방면에 근거한 인지와 이해이며 파편화된 정보를 한데 잇고 소화한 다음 조합하는 과정이라고 추단할 수 있다. 즉 기호화의 인지과정이라 할 수 있다. 죠지 허버트 블루머(George Herbert Blumer) 미국 기호학자는 '상징적 상호작용론'(符號交互理論)이라는 가설에 근거하여 정보가 기호의 형성을 제약하기는 하지만 기존의 기호가 이미지 생성과 변화를 제약하기에 조직 행위라는 이미지는 여러 개 단원 기호(상징)가 '연속부절'한 상호작용을 거쳐 생성된다는 것을 논

---

33) [미] 앨빈 토플러(托夫勒), 『多樣化的傳播方式 — 第三次浪潮』, 北京, 中信出版社, 99—105쪽.

증했다.[34] 미국을 언급하면 우리가 흔히 할리우드 블록버스터에 등장하는 스타 이미지를 떠올리거나 세상을 구원하는 정신적 꿈을 떠올리면서 미국을 자유롭고 생기가 넘치는 국가로 생각하거나, 프랑스를 언급하면 맛나는 프랑스식 요리에 곁들여 마시는 향긋한 와인을 떠올리면서 프랑스는 낭만적이고 쾌적한 국가하고 생각하는 것과 같다.

커뮤니케이션 과정에서 이런 자질구레한 표상들은 일종의 표본적인 의의가 부여되면서 점차 아주 강한 은유성과 상징적 의미를 가지게 된다. 자질구레하고 개체적인 구상(具象)은 이로부터 일반화되다가 다시 환유작용을 거쳐 보편적으로 유사한 이미지로 변천하며, 단일한 타자 이미지 역시 집단적인 타자의 이미지로 변천한다. 이렇게 되어 한 단일한 이미지를 인식할 때 사람들은 가정한 의의로부터 이 단일한 이미지가 상징하는 집단 이미지를 획득하게 된다.[35] 사실 이 같은 파편화 인식 과정도 역시 메타언어가 환유의 등가원칙에 근거하여 구축한 과정이기는 하지만 이 같은 관계가 사람들의 마음속에서 점차 고정화됨으로써 이로부터 대표하는 저것을 생성하거나 부분적으로 전체를 대표하는 인지를 생성한다.

쿠르트 코프카(KurtKoffka) 게슈탈트 심리학자는, 개개인이 사물을 인식함에 있어서 모두 일정한 조직원리에 따라 진행 하며, 그중에는 완전성과 완결성(閉合傾向)을 포괄한다고 여겼다. 그는 "지각적 인상은 환경

---

34) 高新星,『從2008-2009年美國主流媒体耆華報道看中國國家形象的提升――以〈紐約時報〉爲例』, 中國傳媒大學优秀碩士論文, 10쪽, George Herbert Blumer , Symbolic Interactionism: Perspective and Method(Englewood Cliffs, NJ: Prentice-Hall, 1969), pp.21-25에서 인용함.

35))李正國,『國家形象建构』, 北京, 中國傳媒大學出版社, 2006, 77쪽.

에 따라 가장 완전한 형식으로 나타난다."[36]고 밝혔다. 즉 사람들은 사물을 대할 때 자신의 지각이 불완전한 사물을 자동적으로 완전한 형식으로 보는 경향을 띤다. "이 같은 완전성은 지각자(知覺者) 심리의 일종의 추론적 경향을 설명하는데, 지리멸렬(不連貫)하고 결함이 있는 도형이라 할지라도 가능한 한 심리적으로 투합(趨合)하게 한다. 완결성이라고 말이다."[37] 게슈탈트 심리학의 이 이론이 주로 사람들이 도형을 인식하는 것을 사례로 들기는 했지만, 이 같은 감지체계는 마찬가지로 인간이 기타 사물을 인식하는 과정에 존재하면서 인간의 전반 인지 체계를 관통하고 있다. 사회 교제에서 타인에 관한 우리의 인상이 흔히 여러 가지 세부적인 것을 한데 모아 이루어지고, 점이나 면을 통해 이미지를 개선하는 것과 마찬가지이다. 사실 대중들이 한 국가에 대한 인상을 형성하는 과정 역시 이와 마찬가지인데, 다수의 사람들은 그 국가에 직접 가서 깊은 이해를 할 수 없기 때문에 그 국가에 대한 인지는 흔히 일부 개별적인 정보를 해독하고 판단하는 것을 통해 이루어진다.

대중들은 하나의 뉴스나 하나의 개체 이미지 심지어 타인이 전하는 한 가지 이야기에 의해 그 국가의 전체 이미지를 개선하거나 구축함으로써 완정한 인상을 형성하게 된다. 게슈탈트(格式塔)[38] 심리학자들이 볼 때, 지각된 사물이 눈으로 직접 보는 사물보다 크며, 그 어떤 한 가지 경험

---

36) 쿠르트 코프카(庫尔特. 考夫卡) 著,黎玮 译, 『格式塔心理学原理』(上册),杭州, 浙江教育出版 社, 1997,14쪽

37) 쿠르트 코프카 저, 위의 책, 15쪽.

38) 게슈탈트 심리학(독일어: Gestaltpsychologie) : 심리학의 한 학파로, 인간의 정신을 부분이나 요소의 집합이 아니라 전체성이나 구조에 중점을 두고 파악한다. 이 전체성을 가진 정리된 구조를 독일어로 게슈탈트(Gestalt)라고 부르는데, 박은정 교수에 따르면 이 단어의 의미는 전체 형태의 모양, 배열인데 지금 이 순간의 경험을 말한다

적 현상이라 할지라도 그 중의 매개 요소는 기타 요소와 관련된다. 매개 요소가 이 같은 특징을 가지게 되는 것은 그 요소가 기타 부분과 연관되기 때문이다.[39] 이 이론에 따라 우리는 개체에 대한 감지가 언제나 개체 자체보다 크다는 것을 알 수 있다. 즉 "감지된 것이 눈으로 보는 것보다 크다." 그것은 잠재의식 속에서 개체의 요소가 언제나 "기타 부분과 관계를 가지고 있기 때문이다."

따라서 우리는 이른바 국가 이미지는 일국에 대한 수용자들의 총체적 인상이자 파편화된 정보, 그리고 통합된 개체 기호가 커뮤니케이션된 결과라는 것을 알 수 있다.

2. 메타언어 메커니즘 하에서 민간 개체 기호가 국가 이미지를 커뮤니케이션하는 의의를 구축하는 과정

수용한 정보가 파편화된 정보이고, 수용한 기호가 개체 기호라고 할 때, 국가 이미지를 구축하거나 커뮤니케이션하는 과정에서 어떠한 개체 정보와 개체 기호를 전달하느냐가 더욱 중요해진다. 전달되는 정보나 기호가 흔히 전체 이미지를 구축하는 기초가 되기 때문이다. 국제적 교류에서 정부 당국에서 커뮤니케이션하는 정보(메시지)는 특정 속성으로 인해 흔히 도식화 된데서 신선한 생명력이 부족하다. 반대로 민간의 비공식 교류에서의 정보는 그 전달이 더욱 생동적이기에 흡인력이 강하다. 따라서 민간에서 커뮤니케이션하는 개체 기호를 가지고 전체 이지

39) 쿠르트 코프카 저, 위의 책, 5쪽.

미를 해석하는 것이 국가 이미지를 구축하는 효과적인 방법이라고 할 수 있다.

1) 메타언어 메커니즘을 가지고 있는 스포츠 스타–완강하게 끝까지 싸우는 중국인의 올림픽 정신

많은 국가들이 국가 이미지를 구축할 때 그 국가의 개별적 특징이나 모 분야의 우위를 빌어 대중들에게 보편화된 인상을 심어줌으로써 국가의 우위 이미지를 형성케한다. 이는 사실 메타언어의 일반화 메커니즘을 활용한 것이다. 스포츠 기호의 활용에서 많은 뚜렷한 예증을 찾을 수 있다. 스포츠와 스포츠 정신은 국경과 종족이라는 장벽을 초월하여 세계인들이 공통으로 추구하는 정신이기에 커뮤니케이션이 보다 수월하기 때문이다. 스포츠는 동시에 문화의 운반체이다. 특히 일부 전통적인 스포츠는 한 민족의 역사적 축적을 구현하고 있다.

예를 들면 중국의 태극권은 자제하고 선의로 남들을 돕는 것과 같은 중국인의 가치관을 반영하고 있을 뿐만 아니라, 음양·오행·팔괘 등 중국 철학의 기본 개념이 배어 있다.[40] 중국에서 스포츠를 기호가 하여 대외 교류를 한 역사가 아주 길다. 중화인민공화국이 수립된 후 저우언라이 총리가 제기한 "민간에서 선행해야 한다. 민간교류를 강화하여 정부 당국 간의 관계를 개선해야 한다."는 원칙의 지도 아래에서 중화인민공화국은 탁구 스포츠를 통한 "스포츠 외교"는 중화인민공화국 외교의 새

---

40) 周亭,『奧林匹克的傳播學研究』, 北京, 中國傳媒大學出版社, 2009. 5쪽.

로운 국면을 열어놓았다. 2008년 베이징 올림픽 개최는 스포츠가 메타언어 메커니즘을 통해 커뮤니케이션한 성공 사례라 할 수 있다. 스포츠를 가지고 중국을 커뮤니케이션하는 방법은 중국이 국제와 교류하는 데 중요한 조성 부분으로 자리매김했다. 류샹, 야오밍 등 일진의 우수한 운동원들 모두가 중국을 커뮤니케이션하는 기호가 되었다. 이 기호들의 함축적 의미는 강인하고 완강하고 필사적으로 싸우며 패배를 인정하지 않는 등 우수한 품질로서 그들 개인을 대표하는 것이 아니라 당대 중국인들의 정신을 대표하고 있다. 기호학적 의의에서 말하면 메타언어의 커뮤니케이션을 실현한 것으로 당대 중국에 대한 세계인들의 인지를 형상화한 것이다.

이로부터 메타언어를 통하여 국가 이미지를 커뮤니케이션하는 방법이 대외 교류에서 예리한 무기라는 것을 알 수 있으며, 정확한 기호를 선택하여 메타언어의 커뮤니케이션 메커니즘을 잘 활용하기만 하면, 사반공배(事半功倍, 노력에 비해 성과가 큰 것 - 역자 주)의 효과를 얻을 수 있다는 것을 알 수 있다.

2) 메타언어 메커니즘을 가지고 있는 재해 지원자―일치 단합하는 중국 국민

2008년 5월 12일에 발생한 원촨 대지진은 중국을 익숙히 알고 있지 못하고 있던 사람들마저 지구 한 구석에 위치해있는 작은 시가지를 알게 했으며, 특히 세계인들이 중국 국민들을 재인식하게 했다. 지진 발생 후의 이재민을 구조하기 위해 전국에서 온 무수한 지원자들이 자각적으로 구조 행동에 뛰어 들어 가는 곳마다 활약했으며, 그들의 용감하고도 땀

흘리는 모습은 지진 구조 중에서 가장 잊지 못할 감동적인 광경으로 되었다. 이 집단이 온갖 위험과 어려움을 두려워하지 않고 한 마음 한 뜻으로 구조하는 모습은 세계의 주목을 받으면서 세계인들로 하여금 당대 중국 국민에 대해 새로운 인식을 갖게 했으며, 이로부터 지원자라는 기호를 탄생시켰다. 더욱 중요한 것은 그들의 정신이 지원자라는 집단에만 국한된 것이 아니라, 하나로 뭉치면 대단한 위력을 발휘할 수 있는 중화민족의 정신까지 대표했다는 점이다.

기호학의 각도에서 볼 때, 우선 기표 E1로서의 원촨 대지진의 지원자는 자진하여 원촨 지진의 구조작업에 참가한 구조인원 C1을 지시한다. 이렇게 되어 하나의 완벽한 지시적 의미(E1-R1-C1)가 구성된다. 그들은 이재민 구조 최전선에서 온갖 위험과 어려움을 두려워하지 않고 생명의 위험을 무릅쓰면서 이재민들을 구한 정신은 하나 같이 뭉치면 대단한 위력을 발휘할 수 있는 정신이라는 기의2(C2)가 되어 자진 구조 인원(C1)이라는 지시의(直接所指)를 대체하면서 이 집단(E1)의 함축적 의미를 구성함으로써 지원자들과 하나 같이 뭉치면 대단한 위력을 발휘할 수 있다는 정신을 연계시켜 구축했다.

E2	R2	C2 하나 같이 뭉치면 대단한 위력을 발휘할 수 있는 정신
E1 지원자, 이재민 R1	C1 구조 인원	

도표 12-2-1

하나로 뭉치면 대단한 위력을 발휘할 수 있다는 함축적 의미는 기호의 1차원적 기능만 발휘했을 뿐이다. 그 어떤 기호이든지 더욱 광범위하게 커뮤니케이션하려면 반드시 환유기능, 즉 메타언어 메커니즘을 활용해야 한다. 매체는 이 기호를 대량으로 보도할 때 메타언어의 일반화 메커니즘이 작용을 발휘하게 함으로써 이로부터 중국 국민들의 전체 이미지를 구축했다. 혹은 이 지원자들이 전체 중국 국민의 일부분으로 되게 함으로써 메타언어 메커니즘에서 존 피스크가 밝힌 이른바 '부분과 전체'의 관계를 통하여 강력한 환유 관계와 연관성을 가지게 했다.

이 논리적 어순에서 환유의 작용을 통하여 지원자 집단은 중국 국민을 대표하는 하나의 기호가 되게 함으로써 메타언어 결합 중에서 하나의 결합된 의미(E3-R3-C3)가 다른 하나의 결합된 의미 (E1-R1-C1)의 기의가 표현하는 측면(表達面)이 되게 했다. 즉 중국 국민들을 결합된 의미(E1-R1-C1)의 기의가 표현하는 측면으로 되게 했다. 이렇게 되어 E1-R1-C1의 함축적 의미 E2-R2-C2 역시 E3-R3-C3에 전이하면서 메타언어를 커뮤니케이션하는 전반 과정이 형성되었다.

곧 이재민들을 구조하는 사람들만 하나 같이 뭉치면 대단한 위력을 발휘할 수 있다는 정신을 구현한 것이 아니라 전 중국 국민들도 그 시각 하나 같이 뭉치면 대단한 위력을 발휘할 수 있다는 것을 구현하면서 전 중국 국민들로 하여금 일선에서 헌신하는 지원자들의 예비 역량이자 그들의 정신적 화신으로 되게 했던 것이다.

E2		R2		C2 하나 같이 뭉치면 대단한 위력을 발휘할 수 있다는 정신
E1지원자, 이재민 R1		C1 이재민 구조이원		
	E3 중국 국민 R3		C3	

도표 12-2-2

지진이 발생한 후 세계 각국의 매체는 지진에 맞서서 재난을 구제하는 중국의 상황을 잇달아 보도했다. 예상 밖에도 줄곧 중국을 혹평하던 서방의 매체들마저 지진에 맞서서 재난을 구제하는 중국의 상황을 찬양하는 보도를 잇달아 내놓았으며, 정부로부터 매체에 이르기까지, 매체로부터 대중들에 이르기까지 모든 계층의 인정을 받았다. 중국 국민들을 하나 같이 뭉치면 대단한 위력을 발휘하는 응집력 있는 집단으로 해독하게 한 원인은 다방면이다. 하지만 원촨 지진의 지원자라는 이 기호가 그중에 가지는 의의는 필수적이라 할 수 있다.

원촨 지진 지원자들의 구조 행동은 기호의 효과를 두드러지게 하면서 메타언어의 커뮤니케이션 효과를 재차 검증했다. 민간 역량의 집합은 강력한 기호작용(의미작용)을 가지면서 메타언어의 커뮤니케이션 메커니즘을 통하여 확대되었다. 민간 기호의 커뮤니케이션은 세계인들로 하여금 재차 중국 국민들의 강력한 응집력을 실감하면서, 한마음 한뜻으로 뭉치어 대단한 위력을 발휘하는 오늘날의 중국 국민들 모습이 세계인들의 마음속에 하나의 기호가 각인되게 되었다.

3) 메타언어 메커니즘을 가지고 있는 설맞이 전야제-행복하고 조화로운 당대의 중국생활

중국 중앙텔레비전방송의 설맞이 전야제는 1983년에 첫 방송을 시작하여 오늘날까지 중국 대중들과 30여 차례나 제야를 함께 보냈다. 설맞이 전야제는 중앙텔레비전 방송과 중국 국민들이 함께 이루어낸 상징적인 주요 전야제로서 매년 음력 섣달 그믐날 저녁 8시가 되면 억만 중국 시청자들이 텔레비전 앞에 모여앉아 보는 설맞이 주요 경축행사가 되

어 물만두를 빚고 폭죽을 터뜨리는 등 풍속과 마찬가지로 구정의 주요 습속으로 부상했다. 하나의 문화 텍스트로서의 설맞이 전야제는 구정에 대한 사람들의 공동적인 기억을 만들어주고, 생활의 아름다운 정경을 구축하여 대중들의 마음속에 당연히 구정을 대표하는 절대적인 기호가 되었다. 뿐만 아니라 특수한 시기의 국가 의식으로서의 설맞이 전야제 역시 국가 사회생활, 정치생활의 중요한 구성 부분으로 부상하여 엄청난 상징적 의의를 포함하게 되면서 주류 이데올로기를 전달하는 중요한 역할을 담당함으로써 시청자들에게 '국가'의 메시지와 일치하다는 공통인식을 심어주었다. 설맞이 전야제는 프로 편성에 그 의의를 끼워 넣는 형식과 집과 국가라는 서사적인 담론을 통하여 여러 민족이 한자리에 단란하게 모이고, 대중들이 화목하고 행복하게 사는 생활상을 창조하면서 '집과 국가는 일체'라는 기호 신화를 부각시킴으로써 국가의 새로운 의식으로 부상했다. 그리고 그중의 가장 큰 오묘함은 민간의 경축 기호를 가지고 국가 이미지를 구축했다는 점이다.

설맞이 전야제의 기호 의미는 설맞이 전야제의 매 하나 프로의 기호 의미가 결합되어 이루어진 개체 집합이라는 점이다. 본 장에서는 설맞이 전야제에 등장했던 '천수관음' 프로를 착안점으로 하여 설맞이 전야제의 기호 의미를 탐구하고 귀납했다.

'천수관음'은 2005년 설맞이 전야제에서 중국 장애자 예술단이 선보인 프로그램으로써 평균 연령이 21세인 21명의 농아 배우들이 출연했다.[41] 이 젊은 배우들은 장애인이기는 하지만 그들의 일치하는 동작, 정확한

---

41) 百度百科 : 千手觀音, http://baike.baidu.com/view/46981.htm#sub5065318.

절제, 아름다운 춤사위는 흠잡을 데 없이 완전무결하고 아름다우며 절묘한 무용을 연출하면서 불교의 큰 공덕을 표현했다. '천수관음'은 설맞이 전야제에서 성공리에 공연한 후 미국, 일본, 오스트리아 등 국가에서 잇달아 공연하는 기회를 얻게 되면서 세계 각지에 센세이션을 불러일으켰을 뿐만 아니라, 중국 장애인 연기자들의 긍정적인 생활태도와 화목하고 행복한 생활상을 세계에 전해주었다. 2010년 12월 30일, 한국 SBS 방송 '스타킹' 프로에 등장하면서 MC로부터 '중국의 보물 천수관음'이라는 격찬을 받았다. 설맞이 전야제에서 일거에 이름을 날린 '찬수관음'은 당대 중국 대중들의 화목하고 행복한 새 생활을 커뮤니케이션하는 상징적 기호가 되게 했을 뿐 아니라 설맞이 전야제라는 페스티벌을 중국인들의 행복한 생활을 과시하는 큰 무대가 되게 했다.

'천수관음'이 갖는 기호 의미가 바로 메타언어 메커니즘을 활용하여 중국인들의 화목하고 행복한 생활상을 커뮤니케이션하는데 있는 것이다. 우선, '천수관음'은 전부 장애자 배우들이 출연한 무용이기에 지시적 의미 측면의 첫 번째 기의 C1을 구성함으로써 완전한 지시적 의미 (E1-R1-C1)을 형성했다. 일진의 장애인들이 비할 바 없이 뛰어난 이 같은 예술 작품을 만들어냈다는 것은 중국이 위대하고 문명국가라는 것을 암시하고 있음이 틀림없다. 이런 작품은 장애인 연기자들이 흘린 땀방울의 결과일 뿐만 아니라, 조국이라는 대가정의 강력한 지지로 인해 만들어진 작품이기 때문이다. 당대 중국에서 장애인들이 이토록 존엄 있는 삶을 살아갈 수 있는 것은 건강하고 낙관적이며 발전하려는 적극적인 마음가짐으로 자기의 가치를 창조하기 때문이다. 따라서 여기에서 화목하고 행복한 생활은 장애인들이 출연한 무용 프로 C1을 뛰어넘어 기표 E1의 함축적 의미 측면의 기의 C2가 되면서 새로운 함축적 의미를 형성함으로써 장애인 연기자들이 출연한 무용 '천수관음'이 중국의 대가정 속에서 장애인들의 화목하고 행복한 생활을 상징하는 기호가 되게 했다.

E2	R2		C2 화목하고 행복한 생활
E1 '천수관음'	R1	C1 장애인들이 출연한 무용 프로	

도표 12-2-3

　장애인들이 화목하고 행복하게 산다는 것은 '천수관음' 기호가 만들어낸 첫 번째 의미, 즉 함축적 측면의 기의일 뿐이다. 두 번째 측면의 메타언어 메커니즘이 어떻게 두 번째 측면의 함축적 의미의 기의를 널리 커뮤니케이션했느냐하는 것을 다시 본다면, 프로를 공연한 장애인들은 특수한 단체로서 그들은 전체 중국인 중의 일부분일 뿐이다. 따라서 존 피스크가 밝힌 '부분과 전체'의 관계를 형성하면서 밀접한 연관성과 환유관계를 구성할 수 있었다. 전반적인 논리적 어순에서 환유의 작용을 통하여 이 장애인들의 공연은 이 땅에서 더불어 살고 있는 13억 중국인들을 대표하는 하나의 척도가 되었다. 즉 화목하고 행복한 장애인들의 생활은 전체 중국인들의 행복한 생활을 반영하였다.

　그리하여 메타언어의 일반화 메커니즘을 통하여 새로이 결합된 의미(E3-R3-C3)가 기존의 결합된 의미(E1-R1-C1)의 기의를 표현하는 측면이 되었던 것이다. 즉 중국인들이 의미(E1-R1-C1)의 기의 표현 측면으로 되었다. 이렇게 E1-R1-C1의 함축적 의미 E2-R2-C2 역시 E3-R3-C3에 전이되면서 함축적 의미와 메타언어의 합동으로 결합된 의미를 형성하여 화목하고 행복하다는 함축적 의미의 기의가 메타언어의 커뮤니케이션 과정을 개시하여 결국 의미의 모든 표현을 완성하였다. 즉 '천수관음'

이라는 이 프로는 당대 중국에서 장애인들만 행복하게 사는 것이 아니라 모든 중국인들이 화목하고 행복하게 살고 있다는 것을 설명해주었던 것이다.

E2	R2			C2 화목하고 행복한 생활
E1 '천수관음'	R1	C1 장애인이 공연한 무용 프로		
		E3 중국인 R3	C3	

도표 12-2-4

이 기호의 의미 생성 과정 역시 설맞이 전야제가 중국인들의 생활상을 부각시키는 기호 의미의 표현 과정이다. 낙관적이고 진보하려는 장애인들을 표현한 '천수관음'(2005) 뿐만 아니라 노인들의 만년의 행복한 생활을 표현한 '아름다운 만년'(2006), 단결하여 분발하는 농민공(農民工)들을 표현한 '농민공의 노래'(2008)와 같은 프로들 모두가 설맞이 전야제를 통하여 세계인들에게 당대 중국 각 계층의 생활상을 보여주면서 전 세계에 화목하고 행복한 오늘날의 중국 생활상을 전해주었다.

기호가 기호(상징)로 될 수 있는 것은 자체의 기표 이외에도 기의라는 기호 의미를 가지고 있기 때문이다. 하지만 메타기호의 기호 의미는 처해있는 사회적 전체 분위기와 언어사고 체계가 부여하는 것이기에 같지 않은 문화적 배경이거나 언어체계를 가지고 있는 사람 입장에서 말하면, 피차간의 기호 체계를 이해한다는 것은 그리 쉬운 일이 아니다. 하지만 이는 사실 우리가 보통 말하는 언어 기호를 가리킬 뿐이다.

미국의 무용 미학자 수잔 랭거(Susanne langer)는 기호를 '추론적 기호(상징)'와 '표상적 기호(기호)'으로 나누었다. 한 가지는 구조적 제약을 받으면서 외계의 개념을 표현하는 논술적 기호(상징)이고 다른 한 가지는 인간의 내적 세계의 정서적 의미를 표현하는 현시적(顯示性) 기호(상징)이다. 언어 기호가 전자에 속한다면 예술 기호는 후자에 속하는 것이 분명하다.

수잔 랭거는 이렇게 밝혔다. "예술작품을 하나의 종합체로 볼 때 감정의 상징(이미지)이며, 이 같은 상징성이 있어야 예술기호라고 할 수 있다."[42] 예술은 결국은 감정의 표현이다. 예술기호가 언어기호와 다른 점은 언어 기호는 이성적이지만 예술기호는 감성적이기에 일종의 진실한 생명의 감수이자 독특한 심적 경험이다. 따라서 원시적 감정 형식의 통용 형식으로 되기가 쉬워 수용하기도 보다 쉽다. 국가 이미지를 커뮤니케이션하고 구축하는 과정에서 예술기호를 활용한 메타언어 메커니즘을 가지고 커뮤니케이션한다면 폭 넓은 이해와 공감대를 얻으면서 그와 유사한 감정적 공명을 발생시킴으로써 일종의 심적인 연계를 가지게 된다. 다음 예술은 한 나라 문화의 정수이자 축적이며, 또한 역사의 창조이자 재현이다. 예술은 아름다운 생활에 대한 인간의 지향과 정신세계에 대한 동경을 담고 있기에 예술 기호를 커뮤니케이션함과 아울러 일국의 문화와 역사를 커뮤니케이션 하고, 그 나라 국민들의 정신적 기질도 커뮤니케이션 하는 것이다.

설맞이 전야제는 메타언어의 메커니즘, 논리적 연장을 통하여 전 세계에 화목하고 행복한 중국인들의 생활상을 전해주면서 중국문화를 전하고 당대 중국인들의 생활상을 전하는데 중요한 작용을 하고 있다. 작은

---

42) 張曉雯, 『論藝術符号的情感意象性』, 『美与時代』, 2008년 3기.

것을 가지고 큰 것을 보고 부분을 가지고 전체를 담론하는 것이 곧 메타언어 커뮤니케이션 메커니즘의 정수이다. 이 메커니즘을 잘만 활용한다면 수많은 중국 민간의 기호들을 활용하여 중국의 이미지를 끊임없이 부각시키는 강력한 커뮤니케이션 무기로 만들 수 있는 것이다.

3. 메타언어 메커니즘에서의 기호의 선택성

1) 메타언어의 강력한 커뮤니케이션 효과

메타언어 연구에서 가장 주목하는 점은 그래도 커뮤니케이션 효과이다. 메타언어 메커니즘은 결국 점으로 면을 커뮤니케이션하는 일반화 효과에 도달하여 사물의 일부분을 통하여 정보 수용자들에게 전부거나 이와 관련된 사물의 속성을 인지시키는 것이 목적이기 때문이다. 인터넷 기술의 발전은 매체 커뮤니케이션 방식으로 하여금 전례 없는 변혁에 직면하게 했다. 인터넷을 중심으로 하는 사회화 매체의 발전은 또한 새로운 정보 전달 메커니즘을 촉발했다. Web2.0 시대, 사회화 매체의 뚜렷한 정보원과 쌍방향성, 광범위한 수신자는 정보의 전달을 더욱 빠르고 효과적이 되게 했다. 이와 같은 커뮤니케이션 환경에서 사람마다 정보원이 되고 커뮤니케이션하는 측면의 한 점이 됨으로써 그 어떤 미소한 정보도 아주 쉽게 극대화될 수 있다. 인터넷 기술이라는 사회적 환경에서 파편화된 정보의 범람은 메타언어의 커뮤니케이션 메커니즘에 수시로 변화를 초래하고 메타언어의 선택성이 어느 곳에나 존재하게 하면서 인터넷이 보급된 곳이면 그 어떤 곳이든지 정보가 이르도록 한다.

2011년 10월 13일 오후 5시 30분, 광동성 포산(佛山)시에서 샤오웨웨(小

悅悅)라는 두 살 나는 어린애가 골목길에서 놀다가 승합차에 두 번이나 치였고, 사고 차는 뺑소니한 끔찍한 사고가 발생했다. 샤오웨웨 옆을 7분 사이에 행인이 10여 명이 지나갔으면서도 누구도 선뜻 나서지 않았고, 나중에 넝마주이를 하는 한 아줌마가 나서서 구원의 손길을 보냈다.

이 사건은 이내 네티즌들의 폭 넓은 논쟁을 불러일으켰다.[43] 이 사건은 한 네티즌이 신랑웨이보(新浪微博)에 올리자 수만 명의 네티즌들이 퍼 나르면서 신속하게 퍼져나갔을 뿐만 아니라 해외 매체에서도 잇달아 보도하는 바람에 중국인들은 전례 없는 '도덕의 고문대'에 올랐다. 미국 CNN은 "중국 어린애가 차에 치인 후의 무시와 분노"라는 제목으로 이 사건을 보도했을 뿐만 아니라 사건 전반을 찍은 동영상을 전 세계 시청자들에게 내보냈다. 그러자 세계 각국의 네티즌들은 분노를 표출함과 아울러 중국인들의 이 같은 행위에 대해 이해할 수 없다는 불만을 표했다.

동시에 뉴욕 타임스 스퀘어에 설치된 대형 스크린에도 CNN의 보도가 방영되는 바람에 이 사건은 세계인들의 머릿속에 각인되면서 중국의 국가 이미지는 세계의 하마평에 올려지게 되었다.

그리하여 중국 정부가 거액을 투자하여 구축한 국가 이미지는 샤오웨웨 사건으로 인해 하루아침에 무너져버렸다. 샤오웨웨 사건은 메타언어의 커뮤니케이션 메커니즘을 통하여 광범위하게 구축된 당대 중국사회의 다른 한 측면으로서 냉담한 중국인들의 마음을 상징하는 하나의 기호가 되었다. 메타언어 메커니즘의 커뮤니케이션 효과를 등한시해서는

43) 百度百科. 10·13广東佛山女童遭兩車碾壓事件(광둥 포산서 여자애 차에 두 번 치이는 사건 발생)
http://baike.baidu.com/view/6675932.htm?subLemmaId=6799777&fromenter=%D0%A1%D4%C3%D4%C3%CA%C2%BC%FE&redirected=alading

안 되는데, 메타언어 커뮤니케이션 메커니즘을 정시하고, 또한 잘만 활용한다면 작은 것으로부터 큰 것을 보고, 커뮤니케이션에 편승할 수 있는 유력한 수단이 될 수 있는 것이다.

2) 메타언어의 기호 선택

한 사물에 기호를 달아줄 때 하늘의 별처럼 많은 기호들 중에서 어느 기호를 선택하여 커뮤니케이션을 하느냐가 매우 중요하다.

민간의 문화 기호는 정치적인 신분을 제거했기에 많은 기호들 중에서 쉽게 수용할 수 있는 기호의 한 가지로 될 수 있었다. 이른바 '민간'이란 비공식적이거나 민중들 속에서 나온 것이라 하더라도 민중을 대표하는 기호가 될 수도 있고, 민중들의 목소리를 대표할 수도 있으며, 매체에서 하소연하는 서민들의 일반적인 이야기일 수도 있고 민간 교류에서 전달되는 정보일 수도 있다. 예를 들면, 일본의 중국에 대한 문화교류는 주로 그들의 카툰이나 애니메이션 수출을 통해 이루어지고 있으며, '도라에몽', '슬램덩크' 등 애니메이션은 수많은 중국인들의 어릴 적 추억으로 지금도 남아 있다. 사실 이런 문화 제품, 즉 우리가 익숙한 많은 애니메이션 캐릭터에는 역시 이데올로기와 문화 가치관이 포함되어 있기는 하지만, 이슬비가 소리 없이 옷을 적시는 것처럼 잘 드러나지 않기 때문에, 더욱 쉽게 메타언어가 되어 일본의 국가 이미지를 구축할 수 있었던 것이다.

공통성은 민간의 문화 기호가 쉽게 접수할 수 있는 근본적 원인이다. 커뮤니케이션 과정에는 '수용자들의 만족 패턴'이라는 것이 존재한다. 즉 "수용자들이 매체와 관련한 흥취 및 수요와 선호라는 다중 가능성을 형성하고, 나아가 개선한다는 것이다."[44]

　이는 커뮤니케이션 과정에서 매체는 마땅히 수용자들의 선호와 수요에 따라 커뮤니케이션 내용과 방식을 설정하면서 '수용자 본위'라는 이념을 구현할 것을 요구하고 있다. 수용자들은 정보원의 최종 귀착점이기에 수용자들의 정보 수용 효과는 대중적 커뮤니케이션의 성공을 평가하는 주요 기준이 된다. 대외 커뮤니케이션 과정에 수용자들의 구성이 복잡한데서 문화적 배경의 차이, 이데올로기 차이, 가치관 차이 등 다방면의 차이가 존재하면서 커뮤니케이션 내용과 커뮤니케이션 방향을 파악하는데 일부 어려움을 가져다주고 있다. 하지만 이 같은 차이는 각종 문화 사이에 존재하고 공유하는 인류의 문화적 추구나 공감을 가로막을 수는 없다. 때문에 대외 커뮤니케이션을 하는 메타언어를 선택함에 있어서 수용자들이 공통으로 가지고 있고 쉽게 교류할 수 있는 기호를 찾아내어 커뮤니케이션의 목표로 삼는다면 수용자들과의 거리감을 좁힐 수 있으며, 선호도 선택에서 일치하거나 거의 비슷하다면 수용자들이 정보 수용이 보다 쉬워지면서 더욱 좋은 커뮤니케이션 효과를 이룩할 수가 있다.

　할리우드 영화는 줄곧 미국의 정신을 커뮤니케이션하는 주요 수단으로 간주되고 있는데, 세상을 구원하려는 생각을 가지고 있는 '슈퍼맨'이든 낙관적이고 긍정적인 삶을 살아가는 '포레스트 검프'이든 미국은 영화가 만들어낸 캐릭터와 스토리를 통하여 세계에 자기 문화와 이데올로

---

44) 何輝, 劉鵬等, 『新傳媒環境中國家形象的构建与傳播』, 北京, 外文出版社, 2008, 143쪽. 【美】約翰. 奈斯比特 著, 梅艶 譯, 『大趨勢-改變我們生活的十个方向』, 北京, 中國社會科學出版社, 1984에서 인용함.

기를 커뮤니케이션하고 있다. 그리고 이와 같은 문화와 정신은 우리 개개인이 동경하고 공감하는 것들이기에 타국 수용자들의 배척을 받지 않게 되는 것이다. 타국의 캐릭터나 스토리를 이용한다 하더라도 할리우드 역시 자체의 특색과 결부하여 스토리를 재해석하고, 코딩을 재편성하고, 기호를 재 선택하고, 문화를 재창조함으로써 미국의 정신을 진일보 효과적으로 전개하고 커뮤니케이션 하게 된다.

애니메이션 영화 '쿵푸 팬더'가 그 좋은 사례이다. 영화의 스토리, 캐릭터 나아가 풍광, 도구, 의상까지 중국의 요소가 다분한, 사람을 분발시키는 한편의 생동적인 애니메이션인데, 40여 개 국에서 상영되고 또한 흥행에 성공했다.[45] 변변찮은 사람이 노력을 거쳐 성공한 스토리는 적지 않지만, '쿵푸 팬더'가 여전히 수많은 관객들의 시선을 끌 수 있는 키포인트는 영화가 전달하려는 정신이 실생활에서 개개인이 성공을 갈망하는 꿈과 일치하기 때문이며, 영리하지는 못하지만 포기를 모르는 자가 바로 우리 자신이기 때문이다. 이 같은 감정이나 이념 적인 공통성은 관객들로 하여금 영화를 볼 때 공명을 불러일으키게 하여 감정적으로 공감대를 형성하게 했다. '쿵푸 팬더'는 기호 선택에서의 공통성에서 우리들에게 본받을만한 모델을 제공했다.

2010년 1월 16일 아이디가 '매일저보(每日邸報)'인 신랑웨이보(新浪微博) 사용자가 자기 블로그에 '가장 훌륭한 국가 이미지 소재'라는 짤막하면서도 심금을 울리는 설명과 사진을 올렸다. "【가장 훌륭한 국가 이미지 소재】1월 20일, 장시(江西)성 주장(九江) 역전 앞을 비추는 화면에 비추어

---

45) 百度百科 : 『功夫熊猫』 http://baike.baidu.com/view/779189.htm.

진 외지에 나가 품팔이를 하다 설을 쇠러 고향인 푸저우(福州)로 돌아가는 젊은 부부의 모습에서, 낙관적이고 강인하고 부지런하고 전통을 존중하며 그리고 온 가족이 단란히 모여 설을 쇠는 것을 중시하는 중국인들의 정신이 잘 드러나고 있음을 보여주었는데, 이것이야 말로 일반 중국인의 모습이자 우리가 존경할만한 동포의 모습이다!"

사진에는 커다란 짐 보따리를 맨 젊은 부부가 눈보라 속을 걷고 있지만 얼굴에는 회심의 미소가 어려 있고, 아내는 손에 '가화만사흥'(家和萬事興)이라는 편액을 들고 있다. 평범한 사진에 설명도 짤막했지만, 고향집에 돌아가 설을 쇠기를 바라는 사람들의 공통 심리로 인해 네티즌들은 이 글과 사진을 9,686차나 리트윗했다. 우리의 생활 속에서 공통의 감정, 공통의 가치관을 어디서나 찾아볼 수 있다는 것을 알 수 있다.

2011년 1월 말, 이집트 수도와 일부 지역은 정세가 혼란해지고 충돌이 끊임없이 일어나면서 사상자가 속출했다. 중국 외교부는 이집트에 체류하는 중국 공민들의 안전을 걱정하여 신속히 비상체제를 가동하고 24시간 비상 전화를 개통하면서 중국 공민들의 귀국을 전폭 지원했다.

중국정부는 후에 또 비행기 4대를 이집트에 증파하여 카이로 국제공항에 발이 묶여있던 중국 공민들을 안전하게 데려왔다. 당시 행동이 정부 측의 행위이기는 했지만 효과적인 조직력과 신속한 움직임은 국제사회에서 국가 이미지를 성공적으로 구축한 한 가지 사례가 되었다. 카이로 국제공항에서 교민들을 데려오는 과정에 중국 공민들은 훌륭한 모습을 보여주었다.

신랑 웨이보 블로그에는 이런 글이 올랐다. "주 이집트 중국 대사관에서는 공항에 체류하고 있는 중국 공민들에게 도시락을 가져다주자 일부 중국 공민들이 도시락 속의 계란을 굶주림에 시달리는 일부 외국인들에게 건네주어 양호한 중국인의 이미지를 수립하였다." 홍콩 매체의 논설처럼 "적시적인 정부의 지원, 베풀 줄 아는 공민, 이는 가장 훌륭한 국자 이미지로서 그들(외국인)에게 남겨놓은 것은 감동과 그리고 질투였다."

공통의 감정 기초와 가치 기초를 가진 기호를 커뮤니케이션해야 만이 목표와 교집(交集)하는 수용자를 찾을 수 있고, 수용자들이 설정한 선호를 만족시킬 수 있다. '눈보라 속에서 설 쇠러 고향으로 돌아가는 젊은 부부'가 만약 우리의 국가 이미지 홍보영상에 등장한다면 이른바 거창한 서술보다 더욱 효과적인 문화적 전환을 이룩할 수 있을 것이다.

커뮤니케이션할 때의 한 가지 기본 원칙이 바로 정보의 소통과 영향력의 발생이 전달자와 수용자 양측의 경험이 중합된 토대 위에서 구축된다는 것이다. 즉 "실질 가치를 발생시키는 모든 커뮤니케이션 제품이라면 반드시 사람들의 기존의 정보 소비 경험, 선호하는 정보 소비, 정보 소비 패턴과 결부시켜야 한다. 만약 적합하지 않다면 커뮤니케이션 하는 자는 '사막의 포교인'으로 전락하여 아무리 훌륭한 교의에 자긍심이 아무리 많다고 해도 실질적인 효과를 거두지 못할 것이다."[46]

넓고 심오한 중국 문화 속에서, 복잡다단한 커뮤니케이션 현상 속에서 기호를 선택할 수 있는 범위는 아주 넓다. 따라서 어떤 기호는 메타언어를 통해 커뮤니케이션 할 수 있고 어떤 기호는 목표로 한 수용자들이 가지고 있는 기존의 생각, 문화적 배경과 결합한다면 사상적으로 공명을 달성하면서 우리가 깊이 사색할만한 의제가 될 수도 있는 것이다.

개체 기호는 메타언어 커뮤니케이션 메커니즘을 통하여 전체 이미지

---

46) 喩國明, 『讓中國聲音在世界有效傳播-關于對外傳播的若干思考』, 『新聞傳播』, 2010년 제10기.

를 구축하는 것은 작은 것을 통해 큰 것을 보고 소수로 다수를 이기는 커뮤니케이션의 우위와 커뮤니케이션의 효과를 거둘 수가 있다. 하지만 국가 전체 이미지를 구축하는 것은 결국 하부구조, 군사력, 진보 문화, 민주주의 확립, 정부 행위 등 다방면에 걸친 포괄적 요소를 기반으로 하여 구축해야 하는데, 메타언어 메커니즘을 가지고 부분으로써 잔체를 커뮤니케이션하는 효과를 달성할 수는 있지만, 국가의 주요 실력을 무시하고 일관되게 파편화 커뮤니케이션을 진행한다면 파편화의 수렁에 빠질 수밖에 없다. 한 국가의 이미지는 언제나 정부와 국민, 관변 측과 민간의 공동의 노력과 추진을 통해 구축한 것이므로 정부와 국민, 관변 측과 민간에서 보조를 맞추면서 다각도, 다방면, 다차원적으로 국가 이미지를 구축하고, 전체와 개체를 통일해야 만이 새로운 국가 이미지를 효과적으로 구축할 수 있는 것이다.

제4장

기업이미지 기호의 출현과
커뮤니케이션 전략

제4장
기업이미지 기호의 출현과
커뮤니케이션 전략

메타언어란 무엇인가? 메타언어는 모략적인 언설로 가득 차 있지만, 일상적인 '진리'라고 여긴다. 그것은 학술이라는 상아탑의 담론 텍스트 속에 존재하지만, 인류의 깊은 곳에 은폐되어 있으면서 틈만 있으면 파고들려고 한다.

뉴질랜드는 '자연의 나라'로 불리지만, 내가 이 나라의 아름다움을 깊이 느끼게 된 이유는 청산녹수가 아니라 한 노부부 때문이었다. 어느 날 나는 오클랜드의 마트 주차장에서 주차를 하다가 주차되어 있던 차를 들이받는 사고를 냈다. 움푹 들어간 차체와 어찌할 바를 몰라 당황해하는 이국타향에서 온 관광객을 본 안노인(그 차의 주인)이 갑자기 담담하게 한마디 했다. "사는 게 그런 거지 뭐."(that's life.) 바깥노인도 조용히 한마디 했다. "세상살이는 고달파요."(life is tough.) 우리는 관련 정보를 주고받은 후 보험회사에 가 배상 청구를 했다. 헤어질 때 노부부는 즐거운 여행길이 되길 바란다는 인사말까지 남겼다. 차 사고가 난 그날부터 우리 일행은 일면식도 없는 평범한 노부부를 통해 이 나라와 이 나라 국민들에 대한 신임과 친절한 감정을 쌓게 되면서 그야말로 즐거운 여행을 하게 되었다. 설령 이 노부부가 이 나라와 이 나라의 전체 국민을 대표하지 못한다 하더라도 타인을 대하는 이 나라에서 살고 있는 국민들의 생활 태도를 엿볼 수 있는 '에피소드'라 할 수 있었다. 이 같은 신뢰는 권위나 재산, 양옥이나 자동차보다 감화력과 설득력이 훨씬 강하다고 할 수 있다.

2012년 9월 2일, 중국의 두 승객이 취리히에서 베이징으로 오는 항공편에서 좌석 문제로 난투극을 벌이며 대판 싸우는 바람에 여객기가 귀항하는 '해프닝'이 발생했다. 이 사건은 "집 안에서 새는 바가지 밖에서도 샌다고 국제항공편에 올라서까지 중국인들의 얼굴을 깎다니, 체면을 지키며 살면 안 되나요?[47]", "같은 중국인으로서 아주 창피스럽다!"[48] 등 네티즌들의 열띤 반향을 불러일으켰다. 일부 매체는 '국민 누구나 나라의 이미지를 대표하는 진정한 대변인이다'[49], '중국의 국제 이미지를 흐리는 사건이다'[50]라고 꼬집었다. 곰곰이 생각해보면, 이 두 중국인 승객이 과연 전체 중국인들의 얼굴을 깎았다고 할 수 을까? 이성적으로 생각해보면, 우리는 이 두 승객이 전체 중국인들의 이미지를 대표한다고 할 수 없다는 것을 알 수 있다. 하지만 사실상 국제적 가십꺼리라는 언어 환경에서 이 중국인 승객이 외국인들로 하여금 전체 중국인들의 이미지를 끊임없이 추측할 수 있는 연상거리를 제공할 수 있는 것이다. 마찬가

---

47) http://news.carnoc.com/list/233/233244.html.

48) http://finance.sina.com.cn/consume/puguangtai/20120905/140513053052.shtml.

49) http://cswb.changsha.cn/html/2012-09/05/content_8_1.htm.

50) http://cswb.changsha.cn/html/2012-09/05/content_8_1.htm.

지 상황은 '댜오위다오 주권 문제' 분쟁에서도 발생했다. 한 논설은 "일본 NHK 보도에 따르면, 상하이 와이탄(外灘) 부근의 음식점에서, 한 중국인이 옆 상에 앉아 국수를 먹으며 이야기를 나누는 일본인을 보자 구타를 했다. 가령 이 일이 확실하다 하더라도 일부 중국인들의 소행에 지나지 않지만 NHK의 보도를 통해 중국인 전체에 대한 일본인들의 인상으로 부상했다."[51]고 밝혔다.

『당신이 곧 독일』이라는 독일 이미지를 홍보하는 꽤나 인기 있는 홍보물이 있다. 2분도 채 안 되는 이 홍보물은 개인의 중요성을 남김없이 다 드러내었다. 개개인의 힘은 아주 보잘 것 없는 것 같지만 특정된 언어 환경에서는 일반적으로 국가를 대표할 수 있다. 홍보물에서 밝힌 것처럼, "당신이 곧 신기한 독일이고, 당신이 곧 독일이다"였던 것이다.

개인이나 일부 사람들이 한 나라와 모든 국민들의 이미지를 대표할 수 있다는 것인가? 엄밀한 논리적 추론에 따른다면, 이 같은 가설은 성립될 수가 없다. 하지만 만약 개개인이나 일부 사람들에 대해 분명히 인지한 다음 전체를 파악한다는 것 또한 실현하자면 쉽지 않은 일이다. 이상의 몇 가지 사례는, 인류가 이미 견미지저'(見微知著, 미세한 것을 보고 장차 드러날 것을 안다 - 역자 주)나 '일엽지추'(一葉落知, 낙엽하나로 가을을 안다 - 역자 주)와 같이 사물의 개별적 특징을 가지고 전체 특징을 추론하고 부분적으로 드러난 사물로 전체 메시지를 전달하는데 습관화 되었다는, 논쟁할 여지도 없는 사실을 우리들에게 보여주고 있다.[52] 커뮤니

---

51) http://phtv.ifeng.com/program/jmcwq/detail_2012_10/24/18527080_0.shtml.

52) 존 피스크(約翰 費斯克)는 이 같은 수사적 수단을 '환유(換喩)'라고 칭했다.

케이션 시행 과정에서 바로 이 같은 인지 방식이 가치를 구축하고 커뮤니케이션하고 확산됨으로써 기호를 커뮤니케이션하는데 극히 중요한 가치 생성 메커니즘인 '메타언어 메커니즘'이 되는 것이다.

국가 이미지를 구축하고 커뮤니케이션하는 과정에만 '메타언어'가 넘쳐나는 현상이 존재하는 것이 아니라, 도시 이미지, 기업 이미지, 개인 이미지를 구축하는 과정에서도 메타언어 메커니즘에 편승하여 신규 가치를 구축하고 일치하는 여론을 생산하면서 모종의 신화를 말하게 된다. '소비'가 범람하는 오늘날, 우리들의 생활은 각양각색에 천태만상의 마케팅전략에 포위되어 있다. 심지어는 좁은 엘리베이터라는 공간마저도 기업 광고를 피할 수가 없다. 기업 이미지는 이와 같이 파편화된 수많은 정보 중에서 누적되어 상업적 경쟁의 중요한 힘으로 부상함으로써 기업 및 제품에 관한 사람들의 평가를 좌우지하고 있다. 따라서 본 장에서는 기업의 이미지 구축을 분석 대상으로 하여 각종 커뮤니케이션 시행 과정에서 메타언어 메커니즘을 재차 살펴보았다.

"기업의 이미지 구축은 새가 보금자리를 만들 듯이 우리는 손쉽게 얻을 수 있는 볏짚과 같이 자질구레한 것들 가운데 구축해야 한다. 이런 볏짚과 같이 자질구레한 물건을 얕잡아 보지 말아야 하는 것은, 바로 이런 것들을 통해 기업 이미지 기반을 튼튼히 마련할 수 있기 때문이다."[53]

그렇다면 손쉽게 얻을 수 있고 하찮은 '볏짚과 같이 자질구레한' 기업 직원(회사원)들의 하나의 표정이나 동작마저 기업의 전체 이미지에 영향을 미칠 수가 있는 거이다. 이처럼 부분을 가지고 전체를 추정하고 부

---

53) 郭占民, 「提高員工素質, 維護企業形象」, 『經營管理者』 2008年 第13期.

분을 가지고 전체를 추단하는 인지 방식은 부분으로 전체를 평가하는 데서 인지에 오차가 존재하는 것을 피할 수 없는 일이다. 하지만 실생활에서 사물 전체를 구성하는 모든 부분을 접촉하기가 어렵기 때문에 부분을 가지고 전체를 추단하는데 습관화 될 수밖에 없다. 이것이 바로 인류가 사물을 지각하는 이른바 게슈탈트 심리로서 기호학의 각도에서 보면, 이 같은 게슈탈트 심리의 작용 하에서만이 '메타언어'가 가치를 구축할 수 있는 메커니즘을 확립할 수 있고 신규 가치를 커뮤니케이션할 수 있으며, 세계를 재정립하고 신화를 말하는 기능을 실현할 수 있는 것이다. 여기서 우리는 마케팅 각도로부터 기업 이미지를 기획하는 원리, 형성 과정 및 평가 지표를 장황하게 설명하려는 것이 아니라, '기호'라는 이 시각으로부터 착수하여 파편화된 수많은 기호가 어떻게 기업 이미지를 구축하고 커뮤니케이션하며 드러내는가를 연구하고 토론하면서 '세부적인 것이 성패를 결정한다'는 이 심오하고 투철한 견해에 심층적 근거를 찾고자 했다. 이를 토대로 하여 어떻게 기호 지시대상을 효과적으로 설정하여 커뮤니케이션 효과를 향상시킬 것인가를 연구하고 토론함과 아울러 기업 이미지의 다문화 커뮤니케이션 이념을 제기함으로써 상이한 기호 영역에 놓여있는 대중들이 동일한 기호를 대할 때 상대적으로 일치하는 인지를 얻음으로 해서 가능한 한 커뮤니케이션을 하는 중에 해독에서 오차를 면하도록 했다.

1. 기업 이미지의 사변과 기호 인지에 대한 시각

'기업 이미지'가 존재하는가?

맥도날드 가게에 들어서면 붉은색과 노란색이 잘 어울려진 현대적 인테리어, 밝은 창문에 깨끗한 식탁, 열정적인 미소가 배어 있는 서비스, 즐겁고 경쾌한 음악, 풍성하지는 않지만 편리하고 신속하게 먹을 수 있는 햄버거와 프렌치프라이… 순간적으로 맥도날드의 이미지가 우리의 마음속에 자리 잡게 된다. 때문에 '기업 이미지'는 추상적인 감사한 마음이 아니라 실생활 속에 확실하게 존재하면서 볼 수도 느낄 수도 있다. 일단 대중들이 기업의 한 표상과 관계를 발생하기만 하면 반드시 기업에 관한 모종의 인상이 생겨 평가를 할 것이며, 기업 이미지 역시 그에 부응하여 생겨난다. 이러한 의미에서 말하면, 기업 이미지는 확실히 존재한다. 이와 동시에 기업이 기업 이미지를 식별할 수 있는 시스템을 설립(기업이념 식별시스템, 기업행위 식별시스템, 기업시각 식별시스템)하는 것 역시 기업 이미지는 식별할 수 있고 인지할 수 있는 존재라는 것을 실증했다.

　다만 기업 이미지가 '아름다움'이나 '패션' 등 개념처럼 인간세계에 존재하기는 하지만, 인간의 의지에 의해 변화할 수 없는 영원한 객관적 존재가 아니라는 점이다. 그것은 이미지가 스스로 생겨나는 것이 아니라 주체가 객체를 감지하는 과정에 존재하기 때문이다. 이는 시공간이 다르고 상황이 다름으로 인해 인지 주체가 동일한 기업에 다른 지각이나 평가를 초래하면서 기업 이미지도 이에 따라 변화가 생긴다.

　동일한 시간공간이라 할지라도 대중의 신분이나 처지, 문화적 배경이 다르다면 상이한 기업 이미지가 형성될 수 있다. 하물며 '기업'의 외연이 무한한 연성과 전성을 가지고 있다면 이는 기업 이미지의 구조가 불안정하고 개방적인 것은 정해진 것이며, 이와 관련된 각종 구체적이고 실재적인 부분을 철저히 파헤치기 어려울뿐더러 예상하기도 통제하기도 어렵다.

때문에 기업 이미지는 사람들의 의식 속에 존재하기는 하지만 고정적이고 완정하며 통일적인 객관적 물질적 운반체가 없다. 이 같은 의미에서 보면, 기업이미지는 최소한 일종의 절대적인 객관적 존재가 아니며, 엄밀하게 말해서 주관성과 객관성을 겸비한 준재라고 할 수 있다.

이 같은 철학적 의의에서의 탐구는 기업 이미지를 기호학의 논리적 사유 속에 도입함으로써 기호학을 근거 있게 하는 이론적 시각으로 '이미지'의 형성 메커니즘과 커뮤니케이션 메커니즘을 자세히 살피려는데 있다. 예를 들면, 기업 이미지, 국가 이미지, 민족 이미지, 도시 이미지 등 일련의 '이미지' 문제를 탐구하는 것이 책략 차원에서의 경험만 정리하려는 것이 아니라 내적 이미지 표면의 무늬에까지 침투하여 커뮤니케이션 메커니즘 차원이라는 이론적 분석으로까지 격상하려는 것이다.

1) 존재하기도 하고 존재하지 않기도 하는 기업 이미지

존 피스크가 말한 것처럼 "커뮤니케이션을 하려면 나는 반드시 기호를 가지고 메시지를 창조해야 한다."[54] 이로부터 이미지의 커뮤니케이션은 기호가 담고 있는 각종 메시지를 떠나서는 안 된다는 것을 알 수 있다. 롤랑 바르트의 기호에 대한 이해나 정의에 따르면 "모든 의미 체계[55]는 반드시 표현 평면(E)과 내용 평면(C)을 포괄해야 하며, 의미 상관성은 두 평면 간의 관계(R)와 같다. 이렇게 되어 우리는 표현식(表達式): ERC

---

54) 約翰 費斯克 著,許靜 譯, 『傳播研究導論 : 過程与符号』, 北京, 北京大學出版社, 2008, 33쪽.
55) 앞에서 이미 해석을 했지만, 여기서 말하는 의미 체계는 의미 결합이라고 번역하는 것이 더욱 적절할 것 같다고 생각된다.

가 있게 되었다."[56] 때문에 기호가 가치를 전달하려면 반드시 객관적 기표 E와 주관적 기의 C를 겸비해야 한다. '이미지' 기호를 커뮤니케이션하는 과정에서도 반드시 객관적 사실과 주관적 판단을 겸비해야 하는바, 이 둘 중 하나만 빠져도 안 된다. 이는 마침 이미지 자체가 겸비하고 있는 주관성과 객관성이라는 이중 신분과 대응한다.

하이얼 그룹의 기업 이미지에 관한 대중들의 응답은 '아주 친화적이다', '아주 전문적이다', '아주 현대적이다', '서비스가 괜찮다'거나 심지어 '아주 훌륭하다'거나 '그다지 좋지 않다'… 등등 사람마다 달랐다.

이 같은 '이미지'는 모두가 기업이 전달한 모종의 메시지를 판단의 전제로 하면서, 기업에 대한 모종의 주관적 평가가 내포되어 있다. '아주 전문적이다'라는 응답은 응답자(고객)가 제품을 구매할 때 업무에 능통한 하이얼 직원을 접촉했을 수 있고, '서비스가 괜찮다'라는 응답은 응답자가 구매한 제품에 하자가 생겨 애프터서비스 상담을 할 때 양질의 서비스를 받았을 수 있으며, '그다지 좋지 않다'는 응답은 응답자가 하이얼 그룹에 관한 언론매체의 부정적 뉴스를 보고나서 내린 평가일 수 있다.

따라서 그 어떤 이미지든지 까닭 없이 생기는 것이 아니라 대중들이 모종의 메시지에 근거하여 추리하고 평가하고 판단을 내리게 된다. 도표 9-1-1에서 밝힌 것처럼, 객관적 사실 E와 주관적 판단 C가 공통으로 기업 이미지를 구성해야 만이 기호 의미 결합(ERC)이 완정한 기업 이미지가 될 수 있는 것이다.

56) 羅蘭 巴特 著, 李幼蒸 譯, 『符号學原理』, 北京, 中國人民大學出版社, 2008, 68쪽.

기업이미지

E 나타나는 면, 객관적 사실   R   C 내용면, 주관적 판단

E1 한 하이얼 직원 R1	C1 아주 전문적
E2 어느 한 가지 서비스 R2	C2 양질 서비스
E3 어느 한 언론 뉴스 R3	C3 훌륭하거나 좋지 않다

도표 9-1-1 기업 이미지 의미 제시 도표

2) 기호는 인류가 이미지를 인지하는 기본 매개물

기업 이미지를 깊이 있게 연구하려면 '이미지'의 본질을 파악해야 한
다. 우리는 현재 '이미지'에 대한 관심도가 그 어느 때보다 높은 시대에
살고 있다. "주변을 살펴보면, 우리는 '이미지'에 포위되었다는 것을 실
감하고 있다. 이런 의미에서 말하면 정보화 사회의 실질 역시 이미지 시
대라고 할 수 있다."[57] 작게는 '개인 이미지', '기업 이미지', '도시 이미지'
로부터 크게는 '민족 이미지', '국가 이미지'에 이르기까지 모두다 예전보
다 더욱 큰 중시를 받고 있다. '이미지'가 대체 얼마나 소중하기에 대중
들이 이토록 주목하는가?

누군가는 '이미지'를 "형상이나 용모라는 뜻으로서, 이 같은 형상이나
용모는 흔히 사람들의 생각이나 감정을 불러일으킬 수 있는 구체적인

---

57) 『公關世界』記者, 「形象時代与形象經營 ― 訪北京現代城市形象研究所所長居易敎授」, 『公關世界』 2002년 제1기.

형상이나 자태"라고 여겼다.[58] 또 누군가는 '이미지'를 "사람들이 사람이나 사물을 인지하는 정보의 총화"이며 "사람들이 사물에 대한 인지정보이지 사물 자체는 아니다."[59]라고 여겼다. 전자는 '이미지'의 객관적 존재에 치중했다면 후자는 '이미지'에 대한 사람들의 주관적 인지정보에 치중했다고 할 수 있다. 이에 필자는 '이미지'는 객관적 사물 자체를 떠나 고립적으로 존재해서도 안 되고 사물에 대한 인지주체의 평가를 떠나서도 안 된다고 생각한다. 즉 '이미지'를 '형'(形)과 '상'(象) 두 가지 측면으로 나눌 경우, '형'은 사물의 외적 양상이고 '상'은 사물의 내적 의미로서 양자는 동전의 양면과 마찬가지로 하나라도 없어서는 안 된다. 기호의 기표와 기의처럼 양자는 더불어 생겨난 것이다.

앞에서 언급한 것처럼, 정보(메시지)의 커뮤니케이션은 정보 운반체로서의 매개물을 떠날 수 없으며, 이 같은 정보의 매개물이 바로 기호이다. 기호는 지각할 수 있는 기표 형식을 포괄할 뿐만 아니라 전달할 수 있는 기의 가치도 포괄한다. 바로 기호가 전달하는 기의 가치 즉 모종의 정보가 사람들이 이미지를 인지하고 평가하는데 영향을 미친다. 따라서 이미지에 대한 인지는 개개의 기호이거나 일부 기호에 대한 인지로 전환한다. 각양각색의 기호는 사람들이 이미지를 인지하는 기본 매개물로 되고 있는데, 천태만상의 '이미지 세계'로 이루어 지고 있는 이들은 다양한 정보를 내포하고 있기 때문에 대중들이 이미지를 평가하고 선택하는 결정적 근거가 되고 있다.

---

58) 許晨, 『企業形象』, 广州, 中山大學出版社, 1991, 11쪽.

59) 宣宝劍, 『媒介形象』, 北京, 中國傳媒大學出版社, 2009, 25쪽.

이로부터 기업 이미지 역시 '형'과 '상' 두 가지 측면을 포괄하고 있고, 기업과 관련된 각종 객관적 표상이 바로 '형'으로서 기업 기호의 기표 체계이며, 대중들은 이 같은 표상에 대해 모종의 평가를 하는 것이 바로 '상', 즉 기업 기호의 기의 체계라고 추론할 수 있다. 그렇다면 기업 이미지의 기호는 대체 어떠한 형태로 나타나고, 또한 어떠한 기호 커뮤니케이션 메커니즘에 따라 기업 이미지를 커뮤니케이션하는가? 아래에서 하나하나 언급하고자 한다.

3) 기업 기호는 기업 이미지를 커뮤니케이션하는 기본 매개물

기업과 관련된 부분은 모두가 모종의 메시지를 전달하면서 기업 이미지와 관련된 기호가 되거나 심지어 기업 이미지를 결정하는 중요한 요소가 될 수 있다. 대중들은 흔히 자기가 가장 익숙하거나 인상이 가장 깊은 한 일부를 가지고 기업 이미지를 평가한다. 따라서 기업의 제품의 질, 서비스 태도, 브랜드 로고, 홍보 대사, 광고 심지어 임원이나 일반 직원의 언행까지도 대중들이 기업 이미지를 평가하는 결정적 기호가 된다. 이와 같은 파편화된 '하찮은 것'들과 그들에 대한 대중들의 평가가 공통으로 기업 이미지를 형성한다. 기업 이미지는 "기업이 활동과정 전체에서 드러낸 여러 가지 특징과 품질이자 기업 문명의 총체적 상태이며, 또한 기업에 대한 사회 대중들의 인상과 평가"[60]로서 수많은 '객관적 이미지'와 '주관적 이미지'가 하나로 융합된 포괄적 이미지라고 할 수 있

---

60) 羅長海, 『企業形象原理』, 北京, 淸華大學出版社, 2003, 2쪽.

다. 기호학의 각도에서 볼 때, 여기서 말하는 '객관적 이미지'는 기업 이미지의 양상을 띤 여러 가지 물질적 형태로서 '이미지'(형상)에서의 '형'이다. 즉 기업 기호의 기표 체계이다. '주관적 이미지'는 대중들이 기업에 대한 평가 및 각종 가치로서 '이미지'(형상)에서의 '상'이다. 즉 기업 기호의 기의 체계이다. 기업 이미지의 인지 과정에서 기표의 존재는 반드시 모종의 기의를 산생하고, 기의의 산생 역시 반드시 어느 한 기표에 의존해야 하므로 양자는 불가분리의 기호 총체가 되어 공통으로 기업 이미지를 형성한다. 본 문장에서는 기업 이미지의 모든 부분을 일일이 열거할 뜻도 없거니와 일일이 열거할 수도 없으므로, 기호학 이론에 편승하여 전형적인 사례들 가운데서 대중들이 기업 이미지를 인지하는 법칙과 경로를 정리하고자 했다.

2. 기업 이미지의 파편화 양상을 띤 기호

"오샹(auchan, 파리 외곽의 대형 마트 - 역자 주)은 '지구촌 전등 끄기' 캠페인에 참여했을 뿐만 아니라, 2011년에는 중국에 나무 2000그루를 심을 계획이라고 약속했다. 또 무공해 페이퍼 스톤(石頭紙, Paper Stone)으로 만들어져 100% 분해 가능한 디스포저블(쓰고 버리는 물품 - 역자 주), 환경을 보호하기 위해 비닐 쇼핑백을 여러 번 사용하는 것을 권장했다." 이는 베이징 오샹 마트에서 비닐 쇼핑백에 밝힌 문구이다. 그리고 문구는 파란색으로 되어 있다.

대중들이 이 같은 세부적 부분에 주목할 경우, 오샹의 환경보호 의식을 크게 칭찬하면서 '사회적 책임감을 가지고 환경 보호를 제창한다.'는 평가를 하게 되며, 기업 이미지도 따라서 생기게 된다. 평범하기 그

지없는 쇼핑백이 이처럼 다양한 메시지를 전달하면서 언제 어디서나 기업 이미지를 구축한다는 것은, 그 어떤 '하찮은 것'이라도 가치를 전달하는 기호 운반체라는 것을 알 수 있다. "세부적인 것이 성패를 결정한다"고 하듯이 하나하나의 세부 모두가 다양한 메시지를 지지(적재)하는 기호로서, 보기에는 미약한 것 같지만 전반적인 기업 이미지에 영향을 미치는 결정적인 요소가 될 수 있다. 이런 기호들은 기업의 제품 명칭이나 브랜드 로고일 수도 있고, 하나의 이야기나 생각, 한 가지 이념이나 비전, 심지어 직원(회사원)들의 한 마디 말이나 행동거지, 가게의 어느 한 구석에 끼어있는 먼지일 수도 있는데, 하나하나의 세부적인 것 모두가 기업 이미지를 커뮤니케이션하는 기호이다. 이 같은 세부적인 것들은 그 어떤 시공간에나 모두 존재하여 우리가 일일이 열거할 수 없을 뿐만 아니라 철저히 파헤치는 것도 불가능한 일이다. 이는 이 같은 기호가 파편화적인 상태로 나타나도록 운명적으로 결정된다. 즉 한마디 말이나 파편화는 수량은 많지만 독립적이고 분산적이어서 따를 만한 규칙이 없다는 것을 의미한다.

기업 이미지가 수많은 세부적인 것으로 조성된 포괄적 이지미기는 하지만 이 같은 세부적인 것이 시공간에서 대중들 앞에 나타날 수 없으므로, 대중들은 같은 상황에서 기업 메시지를 하나이거나 부분적으로 전달하는 기호를 접촉할 수밖에 없으며, 그런 후에 기업에 대한 포괄적 평가가 점차 형성된다. 여러 유형의 기호는 파편화라는 형태로 이미지 공간에 떨어져 기업의 모종의 메시지를 전달하면서 각 방면의 기업 이미지를 반영한다. 따라서 기업 이미지에 대한 인지 역시 기업 기호에 대한 인지로 전환된다.

1) 파편화된 시각적 기호- 제품 외관, 브랜드 명칭, 로고

전통적인 기업 이미지 연구에서는 시각 이미지 로고, 행위 이미지 로고, 이념 이미지 로고로 나누었다. 그중에서 대중들의 주목을 가장 쉽게 받을 수 있는 것은 두말할 것 없이 비교적 직관적인 각종 시각적 이미지 로고이다. 이 같은 이미지 로고는 대중들에게 여러 가지 메시지를 전달하면서 기능을 구분하는 기호가 되어 여러 방면의 기업 이미지를 나타내게 된다.

'취안쥐더'(全聚德)와 '맥도날드'는 중국 취안쥐더(그룹) 주식유한회사와 미국 맥도날드 주식회사 두 회사 중 지명도가 가장 높은 브랜드이고, 심지어 이 두 브랜드 이미지는 두 회사의 이미지와 동등하다 할 수 있다. 하지만 그들의 브랜드 로고, 가게 인테리어, 제품, 직원(종업원)들의 스타일이나 서비스 모델과 같은 파편화된 세부적인 것들이 역시 두 회사의 시각적 이미지 로고를 구성하면서 대중들의 마음속에 두 가지 판이한 스타일의 기업 이미지를 구축했다. 두 회사의 로고, 가게 인테리어, 제품 스타일, 직원(종업원)들의 이미지는 볼 수도 있고 만질 수도 있는 객관적 존재, 즉 기업 기호의 기표 체계이다. 이 같은 이미지 로고가 어떠한 메시지를 전하고 대중들에게 어떠한 인상을 남기느냐 하는 것은 기업(회사) 기호의 기의 체계이다. '취안쥐더'는 100여 년의 역사를 가지고 있는 중국 전통 가게로서, 뚜렷한 중국 전통 음식문화 특색을 가지고 있기에 상표의 이미지 디자인, 가게 인테리어 디자인, 직원(종업원)들의 유니폼, 심지어 식기 등 모두가 중국의 전통요소를 바탕으로 했다.

이로써 일치된 스타일의 기표 체계를 구성했다. 대중들은 이 같은 기호 기표를 토대로 하여 취안쥐더에 대한 인지를 형성했다. 예를 들면,

'고색창연함, 웅대하고 대범함, 정교하고 우아함' 등 평가를 통하여 기업 이미지의 기호 기의 체계를 나타내 보였다. 마찬가지로, 맥도날드의 기업 이미지 역시 각종 이미지 로고 중에 드러났다. 각별히 눈에 띄는 붉은 바탕에 금빛의 영어 자모 'M', 편안한 분위기를 느끼게 하는 따뜻한 색상의 등불, 간결하고 명쾌한 색상과 스타일의 식기와 걸상, 유니폼에 노련한 솜씨를 가지고 있는 직원(종업원)들… 이런 것들이 기업 이미지의 기호 기표 체계를 구성하면서 '현대적이고 유행적이며, 전문적이고 문명적이며, 꼼꼼하고 열정적'이라는 기의 체계가 더불어 생겨났다. 도표 9-2-1과 9-2-2에서 밝힌 것처럼, 취안쥐더의 '고색창연함, 웅대하고 대범함, 정교하고 우아함'이나 맥도날드의 '현대적이고 유행적이며, 전문적이고 문명적이며, 꼼꼼하고 열정적'이라는 인상 모두가 기업 기호 기표 E1이 전달하는 기의 가치이기는 하지만, 지시적 의미의 기의 C1의 가치인 것이 아니라 함축적 의미의 기의 C2의 가치가 된다. 기호 함축적 의미의 기의가 바로 대중들이 기업에 대한 주관적인 평가를 형성하면서 완정한 기업 이미지를 이루게 했던 것이다.

E2		R2	C2 고색창연함, 웅대하고 대범함, 정교하고 우아함
E1 취안쥐더의 로고, 가게 안 인테리어, 종업원	R1	C1	

도표 9-2-1 취안쥐더 기업 이미지의 함축적 의미 커뮤니케이션 메커니즘

E2		R2	C2 현대적이고 유행적이며, 전문적이고 문명적이며 꼼꼼하고 열정적임
E1 맥도날드의 로고, 가게 인테리어, 종업원	R1	C1	

도표 9-2-2 맥도날드 기업 시각적 이미지의 함축적 의미 커뮤니케이션 메커니즘

때문에 모종의 의미에서 말하면, 기업 이미지의 커뮤니케이션이란 바로 기업 기호의 함축적 의미의 기의를 커뮤니케이션하는 것으로서 이는 기업 이미지가 결코 절대 객관적인 존재가 아니라 모종의 주관적 판단을 띠고 있는 존재라는 견해를 확고히 해주었다. 대중들이 어찌하여 하나 혹은 부분적인 기업 기호를 통하여 전반적인 기업 이미지에 대해 추론을 내리는가 하는 문제는 아래 문장에서 가일층 연구하고자 한다.

2) 파편화된 이념기호 – 한 가지 이야기(이왕지사)와 하나의 이념

시각적 로고는 기업 이미지를 직관적으로 나타낼 수 있으므로, 기업 이미지유형의 기호에 속한다. 이밖에 기업과 관련된 이야기나 사건도 마찬가지로 기업 이미지를 운반할 수 있는 기호가 되어 다양한 메시지를 전달한다. 다만 이때 기호의 기표는 담론을 운반체로 하는 서사 텍스트이기에 이야기 자체는 기호의 기표에 불과하며, 대중들이 이야기 속에서 연상하고 해독할 수 있는 기업과 관련한 모종의 생각, 태도나 평가가 기호의 기의이다.

기업은 창업하고 성장하는 길에서 왕왕 명심할만한 일단락의 경력을 가지고 있는데, 바로 이 같은 범상치 않은 이전의 경력이 기업에 모종의 정신적 내포를 부여하면서 독특한 기업 이미지로 나타날 수가 있다. 1985년 하이얼의 '냉장고를 때려 부순' 사건은 한때 큰 파문을 일으켰다. 보기에는 '불가사의'한 이 에피소드가 바로 '정익구정(精益求精, 훌륭한 데도 더 훌륭하게 하려는 것 - 역자 주)'이라는 하이얼의 품질 이념을 이루어냈다. 당시 한 고객으로부터 하이얼 냉장고에 품질 문제가 존재한다는 신고를 접수한 회사의 대표이사인 장루이민(張瑞敏)은 즉시 창고에 있는

냉장고를 일일이 검사하라는 지시를 내렸고, 검사 결과 76대가 불합격이었다. 이와 유사한 상황이 재차 발생하는 것을 막고자 장루이민은, 몸소 망치를 가지고 선두에 서서 불합격 제품을 모조리 때려 부수는, 임직원들이 상상도 할 수 없는 결정을 했다. 당시 냉장고 한 대 값이면 하이얼 일반 직원들의 거의 두 해 임금에 달했지만, '하자가 있는 제품은 곧 불량품'이라며 장루이민이 하이얼 제품의 질을 엄하게 통제하면서 이는 차후 제품의 질에 관한 하이얼의 가치관으로 자리매김했다. 몇 년 후 하이얼은 국내 냉장고 랭킹 1위 브랜드로 부상했고, 세계 유명 브랜드 행렬에 들어섰다. 이 에피소드는 지금까지도 하이얼 임직원들의 자랑거리가 되고 있다. 이 에피소드를 통하여 대중들은 하이얼의 이념과 가치관을 이해하면서, 하이얼 최고 관리자의 엄격한 사업 태도를 연상하게 되었고, 하이얼의 제품 질에 대해서도 당연히 더욱 신뢰를 하게 되었다. 따라서 '신용 있소, 엄밀하며, 양질'이라는 기업 이미지가 대중들의 마음속에 각인되었던 것이다.

기호학의 각도에서 보면, 한 가지 이야기가 하나의 기호가 되어 모종의 기업 이미지를 나타낼 경우 이 이야기는 문자 형식으로 나타날 수도 있고 담론의 형식으로 나타날 수 있는데, 문자나 음성언어(발화) 기호의 기표가 되고 그 내용은 기표의 기의가 된다. 하지만 대중들이 이야기로부터 이야기 이외의 기타 가치를 연상할 때, 이 가치는 더욱 높은 단계에서의 의미 구조 중의 기의가 된다. 즉 기호의 함축적 의미의 기의가 되는데, 그 기의는 흔히 어느 정도의 사회성을 가지면서 기업의 사회적 신분을 나타낸다. 도표 9-2-3에서 밝힌 것과 같다.

E2	R2		C2 신용 있고 엄밀하며 양질의 하이얼
E1 하이얼 냉장고 관련 문자나 음성언어	R1	C1문자 내용	

도표 9-2-3 하이얼 그룹 이념 이미지의 함축적 의미 커뮤니케이션 메커니즘

때문에 하이얼의 이야기를 서술하는데 사용되는 문자나 음성언어는 기호의 기표 E1이 되고, 어떠한 이야기를 들려줬느냐 하는 것은 지시적 의미의 기의 C1이 된다. 그러나 대중들이 이 이야기를 통하여 인지한 '신용 있고 엄밀하며 양질'의 제품이라는 등의 가치는 텍스트 기호의 함축적 측면의 기의 C2가 된다. 따라서 모종의 가치에서 말하면, 기업 이미지를 커뮤니케이션하는 키포인트는 함축적 의미의 기의를 커뮤니케이션 하는데 있다고 할 수 있는데, 그 극치는 기표와 기의의 '동형' 관계를 구축[61]하는 것이다. 이 점은 아래에서 상세히 논하려 한다.

3) 파편화된 행위 기호-한 인물과 한 가지 서비스

기업 이미지를 나타낼 수 있는 기호는 한 가지 이야기일 수도 있고, 한 인물일 수도 있다. 예를 들면, 마이크로소프트의 빌 게이츠나 애플의 스티브 잡스처럼 개인의 전기는 기업 이미지와 아주 매력적인 상관성을

---

61) 이른바 '동형'은 두 가지 측면이 있다. 첫 번째 측면은 기호를 커뮤니케이션하는 과정에 그 지시적 의미가 더는 중요하지 않을뿐더러 심지어 등한시될 수 있으며, 중요한 것은 함축적 의미의 기의로서 대중들이 복잡한 인지 경로를 거칠 필요가 없이 기표를 보면 곧 함축적 의미의 기의를 떠올리는 것이다. 예를 들면, 장미꽃을 보면 자연스레 사랑을 떠올리는 경우와 같다. 두 번째 측면은 기호의 기표와 함축적 의미의 기의 사이가 유일적이고 불가분리의 관계이다. 예를 들면, 샤넬 N°5 향수처럼 함축적 의미의 기의가 다른 것이 될 수 없고 '고귀하고 섹시하다'는 기의로 밖에 될 수 없는 경우와 같다.

가지면서 기업 이미지를 커뮤니케이션하는 상징적 기호가 될 수 있다. 여기에서 빌 게이츠와 스티브 잡스를 기호라 할 때, 기표로서의 그들의 언행이나 웃는 모습, 그리고 목소리를 통하여 대중들이 받는 계시나 정신적 감지가 바로 곧 기의이다. 기업의 책임자만 기업 이미지에 영향을 미치는 것이 아니라 기업의 임직원 누구든지 기업 전반의 이미지에 영향을 미칠 수 있다. 한 유제품회사의 제품 배달부가 엘리베이터에서 주도적으로 남을 도와주고 또한 아주 예의 바르게 영문으로 된 명함을 건넨다면, 대중들은 그의 개인적 수양을 기업의 수양과 연계시킬 수 있다. 이때 이 우유 배달부는 기업 이미지를 나타내는 하나의 기호가 되어 '교양, 전문적, 현대적, 고품질' 등과 같은 기의의 가치를 적재하게 된다. 앞에서 언급했던 '당신이 곧 독일'이라는 해설을 빌린다면, '당신은 곧 하이얼', '당신은 곧 애플', '당신은 곧 …'이라 할 수 있다.

이밖에도 기업의 서비스 패러다임 역시 기업 이미지를 나타내는 흔히 볼 수 있는 기호이다. 대중들이 하이디라오(海底撈, Hidilao hot pot, 중국 **샤브샤브를 기반으로 한 유명 요식업체-역자 주**)를 인지하게 된 것은 대부분 '지구촌 사람들이 거절할 수 없는 서비스'라는 특색 있는 서비스에서 비롯되었다 할 수 있다.[62] 식사 시간대에 고객들로 붐비는 하이디라오 가게를 찾아가서 자리를 기다리는 동안 무료로 제공하는 간식이나 음료, 네일아트나 구두닦이 서비스, 여러 가지 오락시설, 임산부에게는 쿠션 같은 것을 제공하고 안경을 낀 고객에게는 안경닦이 수건을 제공하며, 화장실에는 여러 가지 세정 용품이 비치되어 있는가 하면 종업원

---

62) http://finance.ifeng.com/roll/20110819/4417539.shtml.

들의 화끈한 업무 분위기…그리고 인터넷에 떠도는 허와 실이 섞여있는 서비스 '소문', 이와 같은 갖가지 세부들 모두 하이디라오의 기업 이미지 기호가 파편화된 것이다. 여기에서 대중들이 체험한 서비스가 기호의 기표이고, 기호 배후에서 전달되어 나온 가치와 대중들의 평가가 기호의 기의이다. 도표 9-2-4에서 밝힌 것처럼, 하이디라오에서 제공하는 무료 KTV이나 네일아트 서비스는 기표 E1이 되고, 그에 대한 대중들의 '현대적이고 친화적'이라는 평가는 함축적 의미의 기의 C2가 되어, 공통으로 기업 이미지를 구성했다. 즉 [(E1R1C1)R2C2]라는 이 의미 결합이 공통으로 기업 이미지를 구축한 것이다.

E2		R2		C2 현대적, 친화적
E1	무료네일아트, KTV	R1	C1모종의 서비스, 오락	

도표 9-2-4 하이디라오 서비스 이미지의 함축적 의미 커뮤니케이션 메커니즘

4) 파편화 양상과 강력한 기호의 효과

수많은 파편화된 기호 중에서 대중들에게 가장 영향력 있는 기호는 바로 기업 이미지를 커뮤니케이션하는 강성 기호(Strong Symbol)이다. 맥도날드의 금색의 'M'으로부터 하이디라오의 미소 서비스에 이르기까지, 애플사의 전기적 지도자 스티브 잡스로부터 하이얼의 회사 취지인 '영원히 성심성의로'에 이르기까지, 샤넬의 영원한 대표적인 유혹인 N°5로부터 다바오사의 귀에 익은 광고문 '다바오, 날마다 만나요'에 이르기까지… 기업 이미지를 나타낸 기호가 다양하기는 하지만, 그 이미지가 파편화된 기호가 나타났다고 하여 산산조각이 나 식별이 불가능한 것이

아니라, 오히려 그중 하나는 상대적으로 안정되고 대중들이 보편적으로 인정하는 이미지가 되었다. 이것이 바로 강성 기호의 커뮤니케이션 효과이다. 강성 기호는 흔히 기업이 주력하여 대중들에게 커뮤니케이션하는 기호로서 기업의 핵심 경쟁력을 구현한다.

따라서 커뮤니케이션하는 기업의 기호가 파편화되었다 하더라도 기업마다 대중들에게 깊은 인상을 남기는 기호가 있다. 이 같은 기호는 각기 다른 각도로부터 기업의 독특한 매력을 직시하면서 기타 기업과는 다른 이미지를 나타내게 된다.

3. 기업 이미지 개방성과 불안정성

'기업'의 외연은 무한히 확장할 수 있으며, 기업과 관련된 그 어떤 표상이든지 기업의 일부분으로 될 수 있다. 관리자, 평사원, 공장 건물, 기술, 제품, 가게, 환경, 위생, 서비스, 광고, 판촉, 뉴스, 돌발 상황… 등 허다한 요소들이 공통으로 '기업'이라는 개념을 형성했는바, 이로부터 기업 이미지를 나타내는 구체적인 기호가 무한히 확산될 수 있다는 것을 알 수 있다. 전통적으로 기업 이미지를 식별하는 시스템을 크게 '기업 경영 이념(철학)—이념 식별(MI), 행위 규범—활동 식별(BI), 시각적 전달—시각적 식별(VI)[63] 세 가지 부분으로 나누고는 있지만, 커뮤니케이션을 하는 과정에서 매개 부분의 기업 기호를 끝까지 파헤치기 어려우므로 파편화의 형태로 나타낼 수밖에 없다. 사회가 끊임없이 발전하는 것

---

63) 李森, 『企業形象策划』, 北京, 清華大學出版社, 2009, 4쪽.

처럼 기업 이미지 역시 변화하는 것이므로 시공간이 다르고 정치적 환경과 경제적 환경이 변화함에 따라 끊임없이 혁신된다. 따라서 기업은 실제 요구에 근거하여 새로운 기호를 끊임없이 생산하며, 그리고 동일한 기표에 새로운 기의의 가치를 부여하거나 동일한 기의를 표현하고자 보다 적합한 기표를 선택한다. 이 역시 기업 이미지를 구축하고 갱신하고 확장할 수 있는 전제 조건이다. 이 또한 기업 이미지가 더욱 숙명적으로 전체적인 양상을 띨 수 없게 한데서 대중들은 망망대해 같은 파편화된 메시지들을 가지고 기업을 지각할 수밖에 없다. 파편화된 이 같은 기호가 보기에는 미약한 것 같지만, 특수한 상황에서 오히려 전체 기업 이미지를 흔들 수 있는 카드가 될 수 있는 것이다.

1) 기업 기호 기표 계통의 변천—비자의적 의미 상관성의 전이

2012년 가을, 영화 스타 브래드 피트는 지천명에 가까운 나이에 샤넬 N°5의 수석 홍보 모델로 발탁되었다. 소식이 나가자 즉시 샤넬 향수에 대한 패션계인사들의 열광적인 사랑을 재차 불러일으켰다. 마릴린 먼로로부터 까뜨린느 드뇌브, 그리고 브래드 피트에 이르기까지 홍보 모델마다 모두 샤넬 N°5의 브랜드 이미지를 전달하면서 샤넬에만 속하는 섹시한 신화를 구축함으로써 패션의 달인들까지도 깊이 매료되게 했다.

샤넬 향수는 그 향기는 예전과 다름없지만 홍보 모델들이 각기 연출하는 과정에서 차별화된 섹시함을 발산했다. 이처럼 오늘은 우리가 홍보 모델 브래드 피트의 광고를 통하여 샤넬의 이미지를 감지했다면 내일은 다른 스타들로부터 감지할 수도 있다.

스타를 대량 배출하는 대중문화라는 언어 환경에서 스타들은 제품처

럼 양적으로 많고 다양하기에 상가들은 어느 스타가 가장 영향력이 있고 상업적 가치가 있다고 생각하면, 매력적인 '기의'를 보다 효과적으로 전달하고자 모델이라는 이 '기표'를 수시로 교체할 수 있는 것이다. 브랜드 홍보 모델을 수시로 조정할 수 있는 것처럼 브랜드 로고, 제품 포장 등 기업 기호의 기표 역시 스시로 조정할 수 있다. 기호 체계의 무한한 확장성은 기표 체계가 폐쇄적이고 영원히 고정된 것이 아니라 숙명적으로 다양하고 개방적이며 변화되게 했다. 기의가 변하지 않는 상황에서, 기업은 사회 발전의 요구, 대중들의 심미적 표준의 갱신 등 요소에 좇아 기표를 변환함으로써 더욱 효율적인 커뮤니케이션 효과를 달성하려고 한다. 애플사를 예로 들 경우, 이 회사는 로고를 끊임없이 갱신하고, 제품 성능을 iPhone, iPhone3G, iPhone4, iPhone4S, iPhone5로 갱신하는 등 모든 것이 곧 기표 체계를 끊임없이 갱신한 예증이다.

　매 차례의 기표 변천은, 기의 가치에 더욱 잘 어울리게 한다거나 새로운 기의 가치를 커뮤니케이션하여 인간의 특정된 이데올로기 하에서 의미의 상관성을 구축하려는 목적적인 비자의적 선택이거나 '동기부여'적 선택이라 할 수 있다. 스위스 언어학자 소쉬르는, 언어기호 중의 '자의성'은 기표와 기의의 가장 근원적 결합 규칙이자 사회적 규칙(관습화)이기에 논증이 불가능하다고 밝혔다. 하지만 기업 기호의 변천 과정에서 기호와 기의 결합은 바로 이 같은 자의성을 위배하고 인위적인 규약을 구축함으로써 역사·사회·경제·문화 등 허다한 요소를 집합한 일종의 강제적인 새로운 '계약 관계'를 만들어냈다. 사실상 소쉬르도 언어 기호에 존재하는 강제성을 예리하게 발견하고, "기표는 그가 드러내려는 이념에게 있어서는 자유적인 선택이라 할 수 있다. 반대로 그것을 사용하는 언어(발화) 사회에 있어서는 자유로운 것이 아니라 강제적이라 할 수 있다"[64]라고 솔직하게 밝힌 적이 있다. 보기에는 자연스레 존재하는 언어 기호가 이러할진대 보다 사회화된 기업 기호는 더 말할 것도 없는 것이다. 다만 대중매체에 빼곡히 둘러싸인 상황에서 이 같은 강제성이나 동기부여가 시와 같은 광고 서사에 은폐되어 있고, 각종 기호의 표의 과정이 거침없이 자연스럽게 때문에 사람들이 철석같이 믿고 있을 뿐이다.

2) 역동적이고 가변적인 기업 이미지

기업 기호의 기표 체계는 다양하고 개방적이기에 그 기표 체계 역시 다양하고 개방적이다. 시공간이 다르므로 인해 동일한 기호의 기표는 각기 다른 기의 가치를 발생시킨다. 즉 같은 시공간이라 해도 대중들의 배경이 다름에 따라 동일한 기표에 대한 해독도 다르다. 예를 들면, 구이저우(貴州) 마오타이주(茅台酒) 주식회사의 주요 기호로서의 마오타이주는 술이라는 본래의 기표는 변하지 않았지만, 그 기의의 가치는 애초의 "품질이 아주 좋은 술"로부터 "사치품, 일정한 계층을 상징하는 품위가 있는 술"로 변천했다. 이처럼 기업 이미지 역시 변화를 가져와 사치품과 관련된 지체 높은 기업으로 변신되었다. 심지어 수많은 가짜 마오타이주가 나타나면서, 각종 사회적인 평가가 마오타이주에 새로운 기의를 부여했다.

기업 기호의 기표 체계와 기의 체계 모두 개방적이기에 기업 이미지 역시 약동성과 가변성을 가지게 되었다. 행동 주체로서의 기업은 자체

---

64) 費爾迪南 德 索緒爾,『普通語言學教程』, 高明凱譯, 北京, 商務印書館, 2011, 107쪽.

의 객관적 조건을 개선하고 각종 커뮤니케이션 경로를 활용하는 것을 통하여 과거 대중들이 기업에 대한 인상이나 평가를 변화시킴으로써 사회적 요구에 더욱 잘 부합되고 환영을 받는 기업 이미지를 구축할 수 있는 것이다.

바로 이 같은 가변성이 기업 이미지를 수호하는 '지구전'이 되게 했다. 양호한 기업 이미지는 하루아침에 수립되는 것이 아니지만, 이미지 훼손은 자칫 하면 발생한다. 앞에서 언급했듯이, 기업 이미지를 커뮤니케이션하는 기호는 수많은 세부적인 것으로 이루어졌기에 철저히 파헤친다는 것은 불가능한 일이다. 세부적인 항목마다 기업이미지에 영향을 줄 수 있는 결정적 기호가 작용할 수 있기에, 한 세부적인 것에서 조금만 불찰이 일어나도 전체 기업이미지에 영향을 미치면서 '작은 개미굴이 둑 전체 무너뜨리는' 역효과를 초래할 수 있는 것이다. 대중들에 있어서, 그들이 겪은 이 같은 불찰이 그 기업(회사)에 대한 전반적인 인상이 되거나 혹은 그 일로부터 기타 방면에 존재하는 그 기업의 결점을 연상시킬 수 있게 하기 때문이다. 이러한 불찰이 기업을 대표할 수 있는 하나의 기호가 되어 기업 이미지를 훼손시킬 수 있는 기의 가치를 파생시키거나 심지어 기업을 위기로 몰아갈 수 있는 불씨가 될 수 있다. 이 같은 판단이 일부로써 전체를 평가하는 주관성을 띠기는 하지만, 인류의 관성적 사고가 그렇게 발전해 왔기 때문에 통관규천(通管窺天, 붓 대롱을 통해서 하늘을 엿본다는 말로 견문이 좁아 형편을 모르는 사람을 말함 - 역자 주)이라는 고사성어가 전혀 일리가 없는 말은 아닌 것이다.

기업과 관련된 그 어떤 매개물이든지 기업 이미지에 영향을 미치는 기호가 될 수 있으므로, 얼마나 많은 기호들이 대중들에게 어떤 유형의 이미지를 전달하는지를 어느 누구도 통계를 낼 수 없을 뿐만 아니라, 향후 어떠한 기호가 나타나서 어떤 이미지를 전달하겠는 지는 더욱 예측할 수 없는 것이다. 기업에 대한 긍정적 보도나 부정적 보도, 어떤 사람, 어떤 사건, 심지어 유행어마저도 수시로 기업 이미지에 영향을 미치는 파편화된 기호만 될 수 있다. '멜라민'과 산루그룹(三鹿集團)의 관계가 대표적인 예증이다.(중국 유제품을 개발하고 생산하는 대기업이었지만, 분유에 멜라민이 검출되는 사건이 터진 후, 2009년 2월 파산되었음. -역자 주) 산루그룹은 2008년 이전에는 멜라민과 전혀 관계가 없었지만, 유아용 분유에서 멜라민이 검출되면서 '멜라민'은 산루그룹의 하나의 기업기호가써 부상했다. 지금까지도 대부분 사람들은 산루그룹이라 하면 여전히 멜라민 분유가 초래한 부정적 이미지를 떠올리게 된다. 궈메이메이(郭美美)와 중국 적십자회의 관계도 이와 역시 마찬가지였다.

궈메이메이는 본디 일반 여성으로서 중국 적십자회와는 아무런 관계가 없어서 중국 적십자회의 기호가 될 수도 없었다. 하지만 '궈메이메이 사건'이 발생한 후 '궈메이메이'는 중국 적십자회의 하나의 대표적 기호가 되어 여러 가지 부정적 가치를 파생시킴으로써 중국 적십자회의 이미지에 영향을 주면서 명예를 실추시켰다. 이 같은 위기에 봉착한 중국 적십자회는 각종 공공관계라는 경로를 통하여 이미지를 회복하고 대중들의 신뢰를 재차 획득할 수밖에 없었다.(궈메이메이라는 20대 여성이 2011년 6월 '중국 적십자회 총지배인'이라면서 호화로운 생활을 하는 모습이 시나 웨이보에 올려 지면서 발발한 사건, 후에 조작된 사건임이 밝혀짐-역자 주)

따라서 기업 이미지를 구축하는 작업은 종점이 없는 한 차례의 여정으로서 그 어떤 기호 조각이든지 그 불찰이 기업의 전체 이미지에 영향을 미칠 수 있다. 이미지를 끊임없이 혁신시키고 수호해야 만이 '이미지'가

가져다주는 브랜드 효율, 경제적 효율과 사회적 효율을 최대한도로 발휘시킬 수 있는 것이다.

4. 메타언어 메커니즘에 편승하여 개별적 현상을 일반화하는 것은 기업 이미지를 커뮤니케이션하는 담론 전략

1) 기업 이미지 커뮤니케이션 역시 자연화 메커니즘으로부터 일반화 메커니즘에 이르는 과정

"오늘날의 관점에 따르면, 이미지가 곧 자산이다. 그것은 조종자가 심혈을 기울여 구축한 교환할 수 있는 상품이다."[65] 망망대해와 같은 파편화된 기호 메시지(정보) 중에서 어떻게 하면 대중들로 하여금 기업 이미지를 주목하고 수용하고 인정하게 할 뿐만 아니라 기업을 기호의 가치가 증가하는 과정으로 되게 하는 것이 바로 현대 신화가 생성되는 과정이다. 이미지를 인지하는 보기에는 당연한 허다한 과정들이 사실은 고도로 사회화된 가치 판단, 심미적 기준 그리고 윤리적 도덕관과 같은 이데올로기들을 은폐하고 있다. 그중의 법칙을 규명하려면 심층적 기호 커뮤니케이션 메커니즘으로부터 그 비밀을 살펴볼 필요가 있다.

"일종의 담론 전략으로서의 신화는 두 가지 측면을 포함하고 있다. 하나는 함축적 의미이고 다른 하나는 메타언어이다. 함축적 의미는 은유를 통하여 구축되고, 메타언어는 환유에 의하여 뜻을 실현하며, 함축적

---

65) Kent Wertime(肯特 沃泰姆), 『形象經濟』, 劉舜堯 譯, 北京, 中國紡織出版社, 2004, 28쪽.

의미/은유는 자연화의 심층적 메커니즘이고, 메타언어/환유는 일반화의 막후 조종자이다."[66]

아래 문장에서는 두 가지 측면의 담론 전략을 이론적 전제로 하여 기업 이미지가 어떻게 '신화'가 되느냐를 분석하게 된다.

기호학의 각도에서 보면, 양호한 기업 이미지는 사람들이 주목하는, 기업 기호가 전달하는 기의의 가치에 의존한다. 그런데 이 가치는 기호의 지식적 의미의 기의인 것이 아니라 고도로 사회화된 심층적 가치로서의 함축적 의미의 기의이다.

고객이 하이얼 가전제품을 구입하여, 하이얼의 한 직원이 그 집에 가 가전제품을 설치할 경우, 그 직원의 언행, 서비스 태도, 전문적 기술 등 모든 것이 모종의 메시지를 전달하게 된다. 그때 그 직원은 하이얼 그룹의 한 기호가 된다. 도표 9-4-1에서 밝힌 것처럼, 기표는 그 직원의 여러 가지 외적 표현 E1이며, 그 지시적 의미의 기의 C1은 이미 부차적이 되고 그 함축적 의미의 기의 C2, 즉 직원에 대한 고객의 평가가 중요해졌다. 이 같은 평가를 함축적 의미의 기의라 하는 것은 이 같은 평가가 고객의 주관적인 심리 판단을 거치면서 그의 지난 사회적 경험과 융합되었을 뿐만 아니라 모종의 사회적 행위 기준에 좇아 판단하고 얻어낸 최종 결론이기 때문이다. 하지만 이 같은 과정이 각종 사회적 규제 하에서 자연화 되는 바람에 사람들이 그 복잡성을 느끼지 못할 뿐이다.

예를 들면, 그 직원이 고객의 집에 들어서기 전에 깨끗한 작업복에 슬리퍼를 준비했고, 가전제품을 설치한 후 쓰레기를 모조리 정리한다면,

---

66) 隋岩,「符号傳播意義的机制 — 對自然化和普遍化的深度闡釋」,『新聞与傳播研究』 2008년 제3기.

고객은 그 세부적인 행위를 토대로 하여 그 직원에 대해 '아주 전문적이고 자질이 높다'는 등의 평가를 하게 될 것이다. 이처럼 보기에는 당연한 것 같은 평가에 사실 여러 가지 사회적 규칙이 은폐되어 있다.

'위생에 주의하고, 의상이 깨끗한 것'과 같은 행위가 무조건 '아주 전문적이고 자질이 높다'고 할 수 있겠는가? 고객은 현재의 특정 사회 기준에 좇아 하이얼 직원의 언행을 '아주 전문적이고 자질이 높다'는 등의 평가기준과 관계를 구축했는데, 특정한 역사적 언어 환경에서 판단했기 때문에 이 자체에 강력한 이데올로기 색체를 가지고 있다. 다만 장기적인 사회생활 속에서 주관적 판단을 띤 사회적 기준이 이미 자연화되어 사람들이 복잡한 해독 절차를 거칠 필요가 없이 기표를 통하여 함축적 의미의 기의로 도약하고 또한 철석같이 믿고 있을 뿐이다. 인위적인 규칙이나 기준이 마치 자연스레 당연히 존재하는 것과 같은 강제적인 의미의 상관성이 바로 '동형'으로서 이데올로기 본질을 가장 완벽하게 은폐하는 가치 생성 메커니즘이다.

E2	R2		C2 아주 전문적이고 자질이 높다
E1 하이얼 직원의 언행	R1	C1구체적인언행가치	

도표 9-4-1 하이얼 직원 이미지의 함축적 의미 커뮤니케이션 메커니즘

신화 생성의 첫 번째 절차는 보기에는 당연한 것 같은 자연화 메커니즘 중에서 본래 상관성이 없는 기표와 기의에 모종의 관계를 구축함과 아울러 이 같은 관계를 해체할 수 없게 만듦으로써 기표와 기의의 의미 상관성의 단일성이라는 극치에 이르게 한다. 즉 앞에서 언급했던 '동형' 관계이다. 이 같은 관계는 그 구축에서 강렬한 이데올로기 색채를 띠고

있지만, 모종의 기득권층의 일상적인 언어 속에 은폐되어 있다. 그렇기 때문에 롤랑 바르트는 "신화는 일종의 담론이다"[67]라고 개탄했던 것이다. 따라서 사람들은 자연스럽게 모종의 사회적 준칙에 좇아 타인의 언행을 평가하면서도 그 배후에 은폐되어 있는 이데올로기 규제를 전혀 의식하지 못하는 것이다.

신화의 위력은 기표와 기의 간의 해독이 불가능한 의미 상관성에만 구축되는 것이 아니라 신기하게도 우연적인 사건을 일반화 가치를 가진 광범위한 사실로 전환함과 아울러 사람들을 당연한 것처럼 생각하고 받아들이도록 한다. 이것이 바로 일반화 메커니즘 하에서 생성된 메타언어인데, '환유'라는 사고방식에 편승하여 가치 생성 메커니즘을 완성하게 한다. 즉 고객이 하이얼의 한 직원을 접촉하면서 그의 언행을 통하여 하이얼 전체 임직원들의 이미지를 일반화할 수 있는 비밀이 여기에 있는 것이다. 사실 심리학 분야에서 말하는 이른바 '게슈탈트 심리', '후광효과'(暈輪效應), '빙산 이론' 모두가 이와 유사한 논리적 판단에 근거하는데, 인류는 사물을 인지하는 과정에서 사물의 일부 메시지를 통하여 전체 상황을 일반화시키고 이미 인지하고 있는 부분에 편승하여 보다 많은 미지의 부분을 추단한다. 기호학의 관련 이론은 우리들에게 일종의 새로운 시각을 제공함으로써 이 같은 심적 인지 현상을 철저히 이해하는데 편리성을 도모해주었던 것이다.

---

67) 羅蘭 巴特 : 『神話 ─ 大衆文化詮釋』, 許薔薔等 譯, 上海, 上海人民出版社, 1999, 167쪽.

2) 부분과 전체의 변증관계: 개체 양상으로부터 전체를 인지하는 철학적 사고

"전체와 부분은 오래된 한 쌍의 철학적 범주로서, 철학사에서 아리스토텔레스가 전체와 부분의 관계를 이미 체계적으로 논술했는데, 그는 전체는 부분으로 이루어졌으므로 부분에 대한 인식을 통하여 전체를 인식할 수 있다고 밝혔다."[68] 마르크스주의 유물 변증법은 "인간이 직면한 세계 및 모든 일과 모든 사물은 시종 보편적 연계 중에, 발전하는 운동 속에 처해 있다"[69] 고 여겼다. 중국 고어에도 '사물에 고립된 이치란 없고', '서로 대우하고 의지한다'는 등 고전적 철학적 사고가 있다.

현재 유행하는 '체계이론' 역시 "체계란 일정한 양에 또한 상호 연계되는 요소들로 조성된 통일체로서…, 체계이론은 대상의 연계 체계 및 그 법칙을 구체적으로 밝히는 관점이자 방법"[70]이라면서 이 관점을 한층 입증해주고 있다. 모든 일이나 사물이 고립적으로 존재하지 않고 상호 긴에 대단히 복잡하게 얽혀있다고 한다면 전체와 부분 사이에도 응당 상호 연관성이 있어야 한다. 양자 사이가 완전히 대등하지 않다 하더라도 밀접히 연계되어 있다면 변증법적 통일 관계이다. 우리는 마땅히 부분과 전체는 결코 대등한 관계가 아니라 많은 차이가 존재한다는 점을 인정해야 한다. 하지만 이 같은 차이성이 양자 사이의 밀접한 연계를 가로막지 못하며, 또한 그들 사이에는 모종의 통일성이 존재한다.

---

68) 王世進, 「分形理論視野下的部分与整体研究」, 『系統科學學報』, 2006년 제1기.

69) 陳先達, 楊耕, 『馬克思主義哲學原理』, 北京, 中國人民大學出版社, 2010, 88쪽.

70) 위의 책, 90쪽.

이것이 바로 부분을 가지고 전체를 추단할 수 있는 철학적 전제이다. 때문에 사람들은 세계를 인지하는 과정에서, 합리적인 방법을 이용하여 일부로써 전체를 인식하거나 심지어 사물 전체를 개조할 수 있는 것이다. 이것이 바로 '환원주의'의 방법론인데, 개별적인 요소를 통해 전체를 고찰하거나 심지어 사물의 전체 형태를 개선하는 방법이다.

물론 이러한 관점은 사람들을 "나무만 보고 숲은 보지 못하는" 편면적인 황당무계한 논리에 빠지게는 하지 않는다. 사물 사이에는 언제나 모종의 연계가 존재하기 때문에 인간은 세계를 인지하는 과정에서 흔히 자각적으로 '이것'과 '저것'을 연계시킴과 아울러 새로운 가치를 커뮤니케이션하게 된다. 따라서 여기서 일부와 전체 사이의 변증관계를 논하는 것은 다음에 논하게 되는 메타언어 메커니즘에 일종의 논거를 제공함으로써 기호 커뮤니케이션 메커니즘을 보다 잘 규명하기 위해서이다.

3) 메타언어 메커니즘: 일부로써 전체를 추단하는 연상적 인지

존 피스크는 "현실을 재현하려면 당연히 환유를 운용해야 하는데[71], 우리는 현실적 부분을 가지고 전체를 대표하기에… 환유의 선택은 우리가 구축하는 나머지 부분을 결정한다."[72]고 말한 적이 있다.

"일부로써 전체를 대체하는 것"은 환유를 실현하는 기본 규칙이며, 역시 '메타언어' 메커니즘에서 가장 흔히 볼 수 있는 논리적 관계이다. 그

---

71) 역문의 원문에서는 '전유(轉喩)'라고 번역했지만, 필자의 문장에서는 '전유'를 '환유(換喩)'로 통일시켰다.

72) 約翰 費斯克,『傳播研究導論 : 過程与符号』, 앞의 책, 80쪽.

리고 저것이나 저 부분을 가지고 전체를 대체할 때 항상 주관적 의식의 지배를 받게 되는데, 이는 사회·역사·문화·윤리도덕 등 이데올로기 요소가 공통으로 작용한 결과이다. 다만 이 같은 주관적 선택이 흔히 사람들이 쉽게 발견하지 못하거나 심지어 완전히 등한시한데서, 보기에는 당연한 것 같은 인지 행위가 될 뿐이다. 예를 들면, 두 사람이 함께 몰디브로 여행을 갔는데, 한 사람은 천국처럼 아름다운 백사장, 바다, 푸른 하늘, 초가집과 같은 광경을 블로그에 올리면서 낭만적인 경치에 도취되어 있지만, 다른 한 사람은 바닷가에 메말라가는 거목에 주목하면서 앞으로 다가올 나무의 운명을 걱정한다고 할 경우, 이에 따라 두 가지 판이한 몰디브의 이미지가 생겨날 수 있다. 이 두 가지 이미지 가운데서 어느 부분을 선택하여 전체를 대체하고 전체를 커뮤니케이션하느냐는 전달자, 그리고 수용자의 문화 배경, 지식 체계, 흥취나 기호 등 일련의 같지 않은 기준에 달려있다. 맥도날드를 예로 든다면, 가게가 아주 현대적이고 깨끗할 뿐만 아니라 직원들도 아주 예의 바르고 활기가 넘치며, 나아가 작업 효율도 높고 제도도 매우 엄하다고 할 수 있다.

이는 어찌하여 고객에 따라 한 기업의 이미지에 대한 인지도가 다른가를 설명하고 있는데, '가로로 보면 산등성이, 옆에서 보면 산봉우리', '독자가 100명이면 햄릿이 100명'이라는 말처럼 서로 다른 각도에서 한 기업을 평가할 경우 각기 다른 논단이 나오기 때문이다. 인간의 인지 행위는 기존의 각종 생활경험을 토대로 하여 구축되며, 그것을 운용하여 파악한 모종의 가치 기준으로 전체를 판단하게 된다. 따라서 객관적으로 존재하는 전체 이미지는 부분을 가지고 추단한 전체 이미지와 다소 차이가 존재할 수 있다. 일부를 가지고 전체를 인지하는 방법은 주관적이고 편면적인 논단을 모면할 수 없다 하더라도, 인간은 객관 사물의 모든 부분을 상세히 고찰한 다음 전체 상황을 판단하는 것이 아주 어렵기 때문에, 접촉했던 부분을 통하여 전체를 추단할 수밖에 없다. 메타언어의 실현이 바로 인간의 이 같은 인지 특성을 이용한 것으로서, 사물의 부분을 드러내는 것을 통하여 수용자들로 하여금 전체 특징을 연상하게 하거나 한 점의 특성을 통하여 사물의 기타 특성을 추단하게 한다.

이처럼 부분을 가지고 전체를 추단하는 연상적 인지는 기업 이미지를 커뮤니케이션하는 과정에서 흔히 접할 수 있는 일이다. 눈과 얼음이 덮인 추위 속에서 하이얼 그룹의 한 엔지니어가 세탁기를 등에 지고 고객의 집에 배송하는 뉴스의 한 장면이 있다. 화면에는 하이얼 그룹의 직원(엔지니어) 한명만 등장하지만, 이 뉴스를 본 시청자들은 이 직원을 하이얼의 전체 임직원들과 연계시키게 될 것이며, 또한 모든 '하이얼인'들을 의미하게 된다. 도표 9-4-2에서 밝힌 것처럼, 뉴스에는 기표 E1만 나타났고, 그 지시적 의미의 기의 C1은 본디 이 직원 본인의 일부 특성이지만, 여기에서 시청자들은 이 C1을 간과하고 하이얼의 전체 임직원 E3로 여긴다. 그리하여 새로운 의미 결합 E1R1(E3R3C3)이 나타났다.

이 결합에서 기표 E1의 기의는 다른 하나의 의미 결합 E3R3C3로 전환되었고, E1와 E3의 관계 역시 부분과 전체의 관계로 되었다. 물론 메타언어 메커니즘에서, 기표 E1과 기표 E3의 관계는 부분과 전체라는 관계가 될 뿐만 아니라 시간상의 인과 관계, 공간상의 인접관계 등으로 될 수도 있다. 당면하고 있는 언어 환경에서 시청자들이 기표 E1를 가지고 기표 E3을 연상하기만 한다면 메타언어 메커니즘이 작용을 발휘할 수 있다. 앞에서 언급한 '인덱스 기호'와 마찬가지로 메타언어에 의존하여 가치 패러다임을 달성할 수 있는 것이다. 만약 기호 B와 기호 A에 동시에 나타난다면, B가 곧 A의 인덱스 기호이다.

도표 9-4-3에서 연기는 불의 인덱스 기호이고, 도표 9-4-4에서 백사장이 바다의 인덱스 기호이며, 도표 9-4-5에서 도처에 늘려있는 사체가 전쟁이나 재난의 인덱스 기호인 것과 같다. 다만 부분과 전체의 관계가 메타언어 메커니즘에서 가장 흔히 볼 수 있는 논리적 관계여서 세계에 대한 인간의 인지 패러다임에 깊은 영향을 미쳤을 뿐이다.

E1 하이얼의 한 직원 R1	C1	
	E3 전체 하이얼인 R3	C3

도표 9-4-2 하이얼 직원 이미지의 메타언어 커뮤니케이션 메커니즘

E1 연기 R1	C1	
	E3 불 R3	C3

도표 9-4-3 메타언어 커뮤니케이션 메커니즘

E1 백사장 R1	C1	
	E3 바다 R3	C3

도표 9-4-4 메타언어 커뮤니케이션 메커니즘

E1 도처에 늘려 있는 사체 R1	C1	
	E3 전쟁, 재난 R3	C3

도표 9-4-5 메타언어 커뮤니케이션 메커니즘

4) 메타언어의 공명: 기업 전체 이미지 성취

　대중들이 연상을 할 수 있고 추단을 할 수 있는 인지능력을 갖추었다 하더라도, 이미지를 구축하는 과정에서 우리가 강조하는 "일부로써 전체를 대체하고", "개별적으로 전체를 추단하는 방법"은 사실상 사물의 측면을 가지고 전체 이미지를 추단하는 방법이다. 대중들은 한 직원(종업원)의 서비스를 통하여 기업의 전체 직원들의 자질을 추단하기에 한 가지 제품의 질이 좋고 나쁨을 가지고 전체 생산수준을 추단하거나 한 가게의 어느 구석의 청결 상황을 가지고 전반적인 위생관리 상황을 추단하는 할 수도 있다. 그리고 기업 이미지 역시 흔히 총체적인 개념으로서 점진적으로 변천하고 점진적으로 누적하는 과정을 거친다.
　수많은 '일부', 수많은 '개별적인 것'들이 점차 한데 집중될 때 대중들이 기업 이미지를 인지하게 되면서 날로 풍부해지고 날로 포괄적이고 다양하고 총체적인 개념으로 기울어지게 된다. 때문에 기업 이미지는 다중 메타언어 메커니즘이라는 공명 효과 하에서 파편화된 허다한 메시지들이 한데 중합되면서 최종 가치 집합체를 형성하는 것이다.
　앞에서 서술했듯이, 기업 이미지를 커뮤니케이션하는 기호는 제품의 질과 디자인, 직원(종업원) 서비스와 이미지, 가게 인테리어와 위생, 공공관계 활동과 광고… 등 파편화의 형식으로 존재하기에, 기업 메시지를 전달하는 기호는 서로 다른 각도에서 기업의 측면 이미지를 구축하게 된다. 만약 대중들이 기업의 어느 한 가지 기호만 접촉할 경우, 그가 인지한 기업이미지는 곧 이 기호와 이 기호가부터 접한 기의 가치가 될 것이며, 이때 형성된 이미지는 실제로는 측면 이미지이지만 대중들은 흔히 기업의 전체 이미지라고 생각하게 된다. 하이얼 그룹을 예로 든다면, 하이얼의 직원이든 제품이든 서비스든 그룹 총수든 모두가 기업의 기호가 될 수 있으며, 기호마다 하나의 측면 이미지를 전달하게 된다. 앞에서 언급했듯이 기업 이미지를 구축하는 과정은 곧 신화를 구축하는 과정이다. 신화는 또 두 가지 측면으로 나눌 수 있는데, 하나는 기호의 함축적 의미의 기의를 구축하는 것이고, 다른 하나는 메타언어이다. 도표 9-4-6에서 밝힌 것처럼, 대중들은 한 하이얼 직원(종업원)의 언행을 통하여 직장을 사랑하고 업무에 최선을 다하는 전체 하이얼인들의 기업 이미지를 추단할 수 있는데, 이것이 바로 신화를 구축하는 과정이다. 함축적 의미 측면에서 대중들은 자신의 판정 기준에 좇아 하이얼 직원들의 행위에 대해 모종의 평가를 하게 되는데, 설령 이 과정에서 이데올로기화 되었다 하더라도 사람들이 느끼지 못하고 당연하고 자연스러운 것으로 받아들임으로 인하여 논증할 필요가 없는 의미 상관성이 성립되면서 은유가 성취된다. 따라서 '하이얼의 한 직원'인 기표 E1은 '직장을 사랑하고 업무에 충실하며 최선을 다하는' 기의 C2와 의미 상관성이 구축되고, 기의 C2에서 '사회화'된 일련의 품질이 인위적으로 기표의 몸에 부착되어 보기에 아주 자연스러워지면서 하나의 새로운 의미 결합 (E1R1C1) R2C2가 이로부터 탄생하게 된다.

따라서 자연화 메커니즘이 이루어지는 것이다. 메타언어 측면에서, E1의 기의 C1은 이때 다른 한 가지 의미 결합 (E3R3C3)으로 전환, 롤랑 바르트가 메타언어를 정의한 것처럼, "내용의 평면 자체는 하나의 의미 체계로 구성"되었는데, 이 새로운 결합이 곧 E1R1(E3R3C3)이다. 기표 E1인 '하이얼의 한 직원'과 기표 E3인 '전체 하이얼인' 사이는 우리가 줄곧 토론한 총체와 부분의 관계로서 개체와 총체 간의 관계가 뒤섞여진 등가관계가 될 때 환유는 그 목적을 달성한다. 이때 구축된 신화는 비교적 복잡한 의미 구조가 되지만 대중들은 이 인지 과정의 복잡성을 전혀 느끼지 못하고 주동적으로 '한 직원' E1으로 '전체 하이얼인' E3을 대체하는 동시에 '직장을 사랑하며 업무에 충실하며 최선을 다하는' C3와 의미 상관성을 구축하여 자연화된 개체 이미지를 총체적 이미지로 일반화 하게 되며, 따라서 일반화 메커니즘도 시행이 되는 것이다.

E2	R2		C2 직장을 사랑하고 업무에 충실하며 최선을 다함	
E1 하이얼의 한 직원	R1	C1		
		E3 전체 하이얼인 R3	C3	

도표 9-4-6 하이얼 직원 이미지의 신화 커뮤니케이션 메커니즘

대중들이 여러 기업의 기호를 접촉한다 하더라도 모든 기호에 주목하는 것이 아니라 자신이 관심을 갖는 하나거나 몇 개 기호만 선택한 다음 이를 가지고 기업 이미지를 평판한다. 이때 기업이 어느 기호를 강력 기호(强符号)로 선택하여 의식적으로 커뮤니케이션 효과를 강화하느냐가 특히 중요하다. '하이얼', '하이디라오'를 예로 든다면, '서비스'가 날로 뚜렷한 기업 기호가 부상하고 대중들 역시 서비스 질에 가일층 주목하게 되면서, 이로부터 형성된 측면 이미지 또한 날로 경쟁력을 갖추고 커뮤니케이션 효력을 갖추게 되면서 기업의 전체 이미지에 영향을 주는 핵심으로 부상하게 된다. 물론 기업 이미지를 커뮤니케이션 과정에서 대중 매체가 중요한 유도 역할을 발휘하게 된다.

특히 기업에 돌발 사건이 발발했거나 어느 한 공공 캠페인을 개최하고 참여할 경우 매체가 어떠한 시각에서 해당 기업을 보도하느냐에 따라 기업의 어떠한 이미지가 커뮤니케이션하게 된다. 이것이 바로 앞에

서 언급한, 어떠한 기호를 선택하여 기업의 전체 이미지를 대표하느냐에 따라 어떠한 측면 이미지가 구축된다.

　기업에 대한 대중들의 인지는 순서적으로 점차 발전하는 과정으로서, 허다한 '측면 이미지'들이 조금씩 모여 날로 풍부해지다가, 날로 포괄적이고 총체적인 개념이라는 성향을 띠면서 함께 비교적 전면적인 기업 이미지를 구축한다. 이때 기업 이미지는 어느 한 가지 기호에 대한 선택이 아니라 일련의 기호에 대한 선택이 된다.

　성공적인 커뮤니케이션을 예를 든다면, 한때 큰 인기를 끌었던 한국 드라마가 메타언어 메커니즘에 편승하여 국가 이미지를 성공적으로 구축한 대표적인 사례라 할 수 있다. 외모가 출중한 배우·세련된 패션과 뷰티·우아하고 현대적인 생활환경　겸손하고 예의 바른 언행·아름답고 낭만적인 자연 풍경⋯ 한국의 '아름다움'을 표현한 일련의 기호들이 한데 모여 공통으로 몹시 애절한 사랑 이야기와 깊은 감동을 주는 혈육의 정을 연출했다. 따라서 한국의 국가 이미지도 점차 시청자들의 마음속에 생겨나 엄청난 매력을 발생하게 되면서 한때 한국의 관광업이 큰 호황을 누리게 했다. 그렇다면 실제로도 그러할까? 모든 한국인들이 드라마에 나오는 배우들처럼 멋지고 아름다울까? 한국의 전체 국토가 제주도처럼 낭만적일까? 이와 같은 질의가 시청자들에게는 이미 중요하지 않거나 혹은 이와 같은 질의가 아예 필요 없다고 할 수 있다. 중요한 것은 단지 '아름다운' 한국 이미지가 시청자들의 마음속에 이미 자리 잡았다는 점이다.

　기업 이미지를 구축하는 것도 마찬가지 이치이다. 기업에 있어서, 어떠한 기업 이미지를 커뮤니케이션하느냐에 따라 그에 대응하는 하나 혹은 일부분의 기호를 만들거나 선택한 다음 각종 매체거나 마케팅 전략에 편승하여 기호의 커뮤니케이션 효과를 강화한다. 물론 파편화된 수많은 기호들은 기호마다 커뮤니케이션 효과가 다르다. 앞에서 언급했듯이, 기업마다 서로 다른 강력 기호를 가지고 있다. 바로 이와 같은 서로 다른 위도에서 구축된 기업 이미지의 강력 기호가 상대적으로 안정적이고 한 유형으로 몰리는 기업 이미지를 대중별로 남겨놓는다. 기업으로 하여금 일괄적이고 비교적 고정된 이미지를 보유하게 하려면 매 층면(층위)의 메타언어 사이에 상호 '정합'의 관계를 구축할 필요가 있다.

이처럼 수많은 메타언어가 한데 중첩되어야 만이 가치의 '공명' 효과를 완성함으로써 더욱 매력적인 총체적 기업 이미지를 성취할 수 있는 것이다. '전체는 부분의 합보다 크다'고 여기에서 '공명'이라는 개념을 빌려 수많은 메타언어가 한데 중첩되는 효과를 형용하는 것은 각 부분이 한 덩어리로 뭉치는 것을 천명하려 할 때, 기업의 전체 이미지가 더욱 다양한 가치를 드러내면서 대중들로 하여금 기호 이외의 더욱 많은 '관계'를 연상하게 함으로써 더욱 큰 영향력을 행사할 수 있는 기업의 '소프트 파워'로 되는 것이다.

애플사의 기업 이미지를 예로 든다면, 창의적인 광고·지속적인 변천을 거친 로고 '한입 베어 먹은듯한 모습의 사과' 애플 창업자 스티브 잡스·베이징 왕징 거리에 자리 잡은 아시아 최대 애플 제품 체험 매장·너무나 매력적인 외관디자인 간편하고 뛰어난 인터페이스 새 모델이 출시할 때마다 매장 앞에 장사진을 이룬 애플 매니아들… 이 같은 파편화된 기호들 모두가 모종의 메시지를 운반하면서 기업의 어느 한 측면의 이미지를 구축한다. 도표 9-4-7부터 9-4-12까지 밝힌 것처럼, 기호의 기표는 본디 E1이었지만, 사람들로 하여금 전체 기업의 어느 한 측면 기표 E3을 연상하게 하면서 이데올로기 색채가 강하지만 보기에는 당연한 것 같은 기의 C2를 파생시켰다. 그러면 이 같은 기호가 점차 한데 모일 때 대중들의 인지는 어떻게 될까?

E2	R2		C2 혁신 대담함 개성
E1 광고	R1	C1	
		E3 기업 창의적 R3 C3	

도표 9-4-7 광고의 신화 커뮤니케이션 메커니즘

E2	R2		C2 개성 혁신 최신 유행
E1 LOGO	R1	C1	
		E3 전체 이미지 디자인 이념 R3 C3	

도표 9-4-8 LOGO의 신화 커뮤니케이션 메커니즘

E2	R2		C2 천재 지혜 변혁
E1 스티브잡스	R1	C1	
		E3 기업총수 R3 C3	

도표 9-4-9 스티브 잡스의 신화 커뮤니케이션 메커니즘

E2	R2		C2 최신 유행 선진적 간편함
E1 애플 제품	R1	C1	
		E3 제품의 질 디자인 R3 C3	

도표 9-4-10 애플 제품의 신화 커뮤니케이션 메커니즘

				C2 정규적 심플함 최신 유행
E2	R2			
E1 체험 매장	R1	C1		
		E3 총체적 관리 스타일	R3	C3

도표 9-4-11 체험 매장의 신화 커뮤니케이션 메커니즘

				C2 열광적인 사랑을 받음
E2	R2			
E1 '애플 매니아' '장사진'	R1	C1		
		E3 시장 만족도	R3	C3

도표 9-4-12 마케팅의 신화 커뮤니케이션 메커니즘

이 같은 기호들이 점차 한데 중첩될 때면 기호 시리즈가 되는데, 그들이 한데 모여 서로 호응하고 서로 정합된 계열 세트로 되어 이른바 '공명' 효과를 발휘할 때면, 대중들의 심리에는 일련의 심적인 연쇄반응이 일어나면서 더욱 풍부한 의미의 상관성을 발생시킨다.

도표 9-4-13에서 밝힌 것처럼 이 같은 기표(모든 E1)는 공통으로 애플사라는 지시대상을 가리키는데, 일련의 기호의 집합은 "한 갈래 사슬처럼…서로 암시하면서… 한 가지 일치하는 집단적 이념을 명시"[73] 함으로써 대중들로 하여금 보다 복잡한 상상적 공간을 만들어 공통으로 완전하고 더욱 다양한 기업 이미지 C2를 구축하게 한다. 여기서 기업 기호들은 고립된 관계가 아니라 장기적인 커뮤니케이션을 실천 가운데서 모종의 '상호텍스트성'을 이룸으로서 사람들로 하여금 피차간의 가치를 연

---

73) 장 보드리야르(讓 鮑德里亞), 『消費社會』. 劉成富. 全志鋼 譯. 南京, 南京大學出版社, 2000, 3쪽.

상토록 만든다는데 주목할 필요가 있다. 소비사회에서 상품의 존재 형태에 대해 깊은 연구가 있던 장 보드리야르는 이렇게 밝힌 적이 있다. "모든 상품은 독자적으로 존재하는 것이 아니라 '세트' 형식으로 존재하고, 상품 간에는 서로 요청하는 것이 있기에 소비자들은 스스로 상품 사이에 모종의 연계성을 갖는다는 이미지를 달아주면서 논리적으로 한 가지 상품으로부터 다른 한 가지 상품으로 향하게 된다."[74]

기업 이미지를 구축하는 것도 사실상 이 같은 논리가 존재하는데, 기업 이미지가 파편화 형식으로 존재한다 하더라도 하나의 그물 구조 중에 존재하기에 대중들 역시 한 가지 기호가부터 다른 한 가지 기호를 연상하고 기업의 한 측면 이미지로부터 더욱 많은 측면이미지를 연상하게 된다. 메타언어 메커니즘의 '공명' 효과 하에서 기업은 심지어 훌륭한 품질을 더욱 많이 부여하여 기업 이미지를 더욱 안정되고 완전하게 변화시킴으로써 소비자들을 따르게 만든다.

따라서 신화가 탄생하게 되는 것이다. 주목할 것은, 메타언어가 '공명' 효과를 발휘할 수 있는 전제 조건이 여러 기호 간의 발진 주파가 일치하다는 점이다. 그물 구조의 기호 체계에 일단 부조화적인 발진 주파가 나타나기만 하면 공명 효과가 영향을 받거나 심지어 부정적인 공명 효과가 나타날 수 있다. 이때 '1+1'은 '2'보다 크거나 같은 것이 아니라 작을 수 있다. 기업 이미지 또한 동태적 과정에 놓여있기에 수시로 하나의 기호가 전체 기업 이미지에 손해를 끼치는 상황이 나타날 수 있다. 따라서 이는 장기적으로 수호하는 과정이 필요하다.

---

74) 위의 책.

E2	R2			C2 더욱 다양한 가치 집합更
E1 애플 LOGO	R1	C1		
E1 광고	R1	C1		
E1 스티브 잡스	R1	C1		
E1 '애플 매니아', '장사진'	R1	C1		
E1 체험 매장	R1	C1		
		E3 기업 전반 R3	C3	

도표 9-4-13 애플사의 여러 개 함축적 의미로 이루어진 기표(含指項)의 공명 커뮤니케이션 메커니즘

사실상 상상이나 연상 모두 인류의 가장 기본적인 사로(思路) 방식이기에 메타언어라는 가치 생성 메커니즘이 우리의 생활 주변에 시종 존재하고 있었지만, 우리가 쉽게 발견하지 못했을 뿐이다. 할리우드 영화나 한국 드라마, 서정시와 같은 각종 광고들은 인간의 자연스러운 감정을 드러낸 것 같지만 사실은 각종 이데올로기와 커뮤니케이션 책략을 은폐하고 있다. 혹시 기호학에 편승하거나 기호학을 활용하여 사회 만상이 가지고 있는 가치를 탐구하는 것이 곧 사람들이 인지하지 못하고 있는 진리 배후의 비밀을 탐구하는 것이라 할 수 있다.

기업 이미지의 구체적인 기호를 구축하는 법칙이 무엇이냐 하는데 관해서는 이어서 가일층 탐구하고자 한다.

5. 기표와 기의 결합의 비자의적 메커니즘은 기업 이미지 기호를 구축하는 규칙

사람을 무엇 때문에 '사람'이라 칭하고, 물을 무엇 때문에 '물'이라 칭하는가? 이 같은 문제는 얼핏 보기에는 답이 없는 것 같지만, 수 천 년 동안 토론을 벌인 주제이다. 전국시대(戰國時代)의 순자가 만물과 명칭 사이의 지칭 관계에 주목하면서 "명칭과 사물 사이에는 고정되고 필연적인 관련성이 없으므로 사물의 명칭과 사물 사이의 지칭 관계는 사회 공동체의 약정(약속)에 의해 확정되는 것이다"[75]라고 한 관습화(約定俗成, 사회적 약속)된 주장은 지금까지도 영향력이 있다.

하지만 순자 역시 명칭은 고정된 후 사용 과정에서 더는 자의적이 아니라 강제성을 띤다고 여겼다.[76] 오늘날에 와서도 이 같은 강제성은 이런 언어기호를 사용하는 사람들로 하여금 통일적인 표준 부호화와 해독을 획득해야 만이 가치를 순조롭게 커뮤니케이션하고 역사와 문화 역시 지속될 수 있도록 영향을 행사한다. 마찬가지로 기업 이미지 기호를 구축하고 커뮤니케이션하는 과정에서 관습화(사회적 약속)라는 이 의미결합 방식은 존재 공간을 상실이나 한 듯이 논증이 가능하고 동기 부여의 의미 상관성에 의해 대체된다. 이 같은 의미 상관성은 일단 설정되기만 하면 변경이 불가능한 강제성을 띠게 된다.

특히 소비사회라는 언어 환경에서 의미 상관성의 설정성과 강제성이

---

75) 余多星,「荀子的名称約定俗称說思想評析 — 兼論与因果歷史命名理論的融合」, 『理論界』, 2011년 제7기.
76) 위의 책.

더욱 은폐되어 흔히 서정시와 같은 광고 서사 중에서 자연스러운 사실로 진화함으로써 대중들로 하여금 기꺼이 받아들임과 아울러 열광적으로 사랑하게 한다.

1) 의미 상관성의 설정은 기업 이미지의 설정

여기서의 이른바 '설정성'은 '임의성'과는 상대적인 개념으로서, 기호의 '기표'와 '기의'가 인위적으로 떨어지게 되어 결합방식이 더는 임의적이 아니라 강렬한 목적성과 논증 가능성을 띠는 인위적인 결합임을 가리킨다. 기업 이미지를 구축하는 과정에서, 기표와 기의의 결합은 임의적이거나 어느 일부 사람들이 '약정'한 것이 아니라, 커뮤니케이션 주체가 모종의 특수한 목적에 의하여 양자가 강제적으로 결합된 것이다. 이는 소쉬르가 주장한 언어 기호의 '임의성' 원칙과는 완전히 상반되는 것 같지만, 기업 이미지를 커뮤니케이션하는 과정에서 이 법칙이 바로 이미지 생성의 발단이 된다. 기업은 어떠한 이미지를 구축하느냐에 따라 기호 체계 중에서 모종의 기표와 기의를 만들거나 찾아낸 다음 여러 가지 커뮤니케이션 책략을 활용하여 이 같은 의미 상관성을 고정해놓는다.

기업으로 말하면 의미 상관성을 설정함에 있어서 다음과 같은 몇 가지 상황이 있을 수 있다. 첫째, 기존의 기의를 효과적으로 커뮤니케이션하고자 기표를 재차 찾거나 기표를 새롭게 만드는 것이다. 예를 들면, 기업 이미지 홍보 모델을 교체하거나 제품을 갱신하는 등의 상황이다.

둘째, 기존의 기표에 더욱 적합한 기의를 만들거나 기의를 재차 설정하는 것으로서, 그 본질은 기업 기호에 인위적으로 함축적 의미의 기의를 부여하는 과정이다. 예를 들면 광고거나 뉴스 화제, 사회활동(캠페인) 등 마케팅 수단에 편승하여 기업에 보다 많은 사회적 가치를 부여한다. 셋째, 기표의 변환에 의하여 기의의 전향을 달성하는 상황으로서, 이 설정 방식은 특정 사회적 인지에 근거한 언어 환경 속에서 기표와 기의의 의미 상관성이 사회적으로 고정화되었다 하더라도 어떠한 기표가 어떠한 기의를 의미하느냐가 특정한 사회단계의 공통된 인식이 된다. 예를 들면 기업의 로고, 제품 포장, 외관 디자인 변화 등이다.

이 몇 가지 유형의 의미 상관성은 그 설정에 있어서 기호 기표 체계와 기의 체계의 강대한 확장성과 개방성에 근거하여 기표를 무한히 혁신하고 갱신할 수 있지만, 기의는 도리어 대부분 이미 존재하고 있기 때문에, 기표의 다양성과 기의의 결핍성은 미루어 짐작할 수 있다. 이는 고전적 기호학 이론에서 인정한 기의의 '다의성'과 저촉되는 것 같지만 사실상 모순되지 않는다. 여기서의 기의의 '결핍성'은, 인간 사유 속의 의미 체계는 상대적으로 안정적이어서 어느 한 역사 단계에 의미 체계 이외의 의미를 창조하기 어렵지만, 기표 체계는 아주 수월하게 창조할 수 있는 것을 말한다.

그러나 고전적 기호학 이론에서 인정한 기의의 '다의성'은 오히려 동일한 기호는 상이한 언어 환경에서 여러 가지 의미로 해독할 수 있는 가능성이 출현하지만, 얼마나 많은 의미로 해독을 할 수 있는 가능성이 존재하든 간에 모두 동일한 의미의 의미체계 속의 한 범주로써 확정되었다. 그런 의미에서 기업의 이미지를 설정하는 과정 역시 기호체계에서 기표와 기의를 주도적으로 찾거나 창조하는 과정이라고 할 수 있다.

2) 설정된 기표와 기의의 '접합'-기업 이미지를 구축하는 게임 규칙

"어느 때부터인지 '하겐다즈'라는 아이스크림, '이케아'라는 탁자, '스타벅스'라는 커피, 'CK'라는 바지, '이세이미야케'라는 향수, '스와치'라는 손목시계, '노르웨이의 숲'이라는 책, '피너츠'라는 강아지가 공통으로 샤오쯔(小資)라는 새로운 개념을 지탱하고 있다. − 샤오쯔에 대한 중국 대중매체의 해석"[77]

대중매체의 눈에 비친 '샤오쯔'는 이미 일련의 기호 체계로 부상한 것이 분명한데, 이 체계에서 이에 상응하는 기표를 선택해야 만이 '샤오쯔'라는 기의를 전달할 수 있고 효과적인 '접합'을 이룰 수 있다. '샤오쯔'란 무엇이냐 하는것에 관해서 대중들은 이미 매체에 의해 모종의 공감대를 '형성'하고 저도 모르는 사이에 감화되었기 때문에 보기에는 존재하는 것 같지만 결코 언명한 적이 없는 표준에 따라 일부 기호에 '샤오쯔'라는 태그를 붙여놓았을 뿐이다. 따라서 '샤오쯔'라는 이 기의를 표현하려면 기의 '샤오쯔'의 기표 체계 중에서 합당한 표현 형식을 찾아내야 한다.

지동도합(志同道合)이나 문당호대(門當戶對)란 말로 사람과 사람 간의 조화로운 결합 관계를 형용하는 것처럼 의미 상관성을 구축하는 것도 이와 마찬가지로 특정된 '접합' 규칙을 따라야 만이 고유의 의도를 전달할 수 있다. 그러지 않으면 커뮤니케이션 효과에서 벗어나는 일이 발생시킬 수 있다.

이름난 아이스크림 브랜드 '하겐다즈'가 바로 이 같은 '접합' 규칙을 성공적으로 활용하여 기업 이미지를 대대적으로 발산시켰다. 드라마에서든 실생활에서든 '하겐다즈'는 비교적 현대적이고 고급적인 '샤오쯔'의 분

---

77) 鐘靜, 『經典广告案例新編』, 北京, 經濟管理出版社, 2007, 79쪽.

위기로 관중들의 시야에 나타났다. '샤오쯔'라는 이 기의를 전달하려면 모종의 특정된 표준에 따라 그에 어울리는 일련의 기표를 선택할 필요가 있다. 호화롭고 운치 있는 암흑색의 서양식 가게 앞면 디자인, 피아노 색소폰 플루트 등으로 연주하는 홀가분하고 편안한 느낌을 주는 음악, '중하에는 딸기와 오디' '티라미스의 사랑' '에게 해의 돛배' '파리 패션' '샬럿의 키스' 등 제품 명칭은 이국풍이 물씬 풍길 뿐 아니라 로맨틱한 그리움을 자아내며, '그녀를 사랑한다면 하겐다즈를 선물하라'는 광고문은 연인들을 도취시킨다. 이때 '하겐다즈'가 더는 단순한 아이스크림이 아니라, 엄연히 사랑과 정을 전하는 운반체로 부상했다.

'하겐다즈' 공식 사이트의 표어처럼, "어느 한 순간을 기다림이라 한다면, 어느 한 순간을 음미라고 한다면, 어느 한 순간을 꿀처럼 달콤하고 바다처럼 깊은 사랑이라 한다면, 어느 한 순간을 오매불망 그리움이라 한다면, 그것은 바로 '한겐다즈'와 함께 하는 순간이며, 그 순간은 당신을 위한 시작입니다!"인 것이다. …시작이란 무엇인가?[78] 시작은 곧 샤오쯔적 분위기를 느끼는 것이요 최신 유행하는 맛을 음미하는 것이다. 이때 아이스크림의 맛이 어떠하냐 하는 것은 더는 요긴하지 않게 되었다. 장 보드리야르가 밝힌 것처럼, 일련의 소비 체계에서 "근본적인 지배 작용을 일으키는 물건은 바로 기호 담론이 만들어낸 암시적인 구조 의미와 기호 가치(스타일, 위신, 호화로움과 권력의 지위)이다."[79] 고객들은 소비 과정에서 이 같은 물건을 향유했다고 하여 만족하는 것이 아니라 오

---

78) http://www.haagendazs.com.cn/.

79) 張一兵, 「消費意識形態 : 符碼操控中的眞實之死 ― 鮑德里亞的〈消費社會〉解讀」, 『消費社會』, 南京, 南京大學出版社, 2000. '번역 서문을 대신하여' 7쪽.

히려 이 같은 기호의 의미로 인해 흥분하게 되면서 소비가 더는 진실한 소비가 아니라 의미 체계로의 소비에로 이화된다.

이때 일련의 기호는 공통으로 기업의 '샤오쯔' 이미지를 구축하는데, 기호마다 '샤오쯔'가 표방하는 어느 한 가지 표준을 지향할 뿐만 아니라 한데 합쳐져야 위에서 언급한 기업 이미지의 '공명'적 메타언어를 완성함으로써 기업의 '샤오쯔' 이미지가 사람들 마음속에 깊이 자리 잡게 된다.

기업 이미지는 결국 기업의 가치를 증가시키는 무형의 자본이 됨으로 양호한 기업의 이미지는 제품에 더욱 높은 기호 가치를 발생시킴으로써 기업에 더욱 많은 이윤과 브랜드 효과를 가져다준다. 따라서 생명이 없는 아이스크림이 풍부한 감정을 담고 있을 때 아이스크림 역시 부호화되어 사용 가치 이외에 독립된 기호 가치를 발생시키게 된다. 즉 상품에 의미를 부여하는 과정이 바로 상품의 부호화 과정이자 기표와 기의가 하나로 결합되는 과정이며, 기호 의미의 상관성을 설정하는 과정이다. 바로 이와 같은 의미 상관성의 설정이 상품을 기업 이미지를 구축하는 기호가 되게 한다.

기호 가치의 탄생은 소비사회의 주요 표지의 하나로 의미 상관성을 성공적으로 구축하느냐는 기호 가치를 순조롭게 달성하느냐의 키워드이다. 의미 상관성의 설정은 절대 우연적인 것도 아니고 제 마음 대로 되는 것도 아니다. 기표와 기의는 기호 체계에서 유라 상태에서 발생하기에 소비사회의 기호 체계에서 기표와 기의의 효과적인 결합점(結合点)을 찾아낼 필요가 있는데, 그들이 적당한 시기에 충돌할 때에야 효과적인 커뮤니케이션을 발생시킬 수 있기 때문이다. 기표 형식이나 기의 의미의 사전 설정은 모두 그들이 처한 사회적 언어 환경 그리고 커뮤니케이션을 하는 자가 사전에 설정해놓은 사회적 신분과 상업적 가치를 떠날 수 없다. 이른바 제품 포지션, 시장 포지션, 소비층 포지션 등은 의미 상관성을 설정하는 근거가 된다. 기호 커뮤니케이션을 하는 자(혹은 기호를 설정한 자)는 이 근거에 좇아 표준에 부합되는 기표와 기의를 선택하여 상품의 몸에 어울리는 한 세트의 외의와 의미 체계를 구축하여 상품의 부호화를 완성함으로써 상품의 기호 가치를 성취한다.

동시에 커뮤니케이션을 하는 자는 수용자들의 기호와 피드백에 근거하여 기표 형식과 기의 의미를 끊임없이 조정함으로써 상품이나 브랜드의 의미 상관성을 지속적으로 조정한다. 커뮤니케이션을 하는 자는 기표와 기의가 가장 잘 융합될 수 있는 결합점에 도달했다고 추정했을 때 이 같은 의미 상관성을 경화시킨 다음 대대적인 광고 커뮤니케이션을 통하여 이 의미 상관성을 반복적으로 강화시켜 가면서 상품의 기호 가치, 브랜드 영향력이 탄생하거나 격상하게 된다. 따라서 소비사회에서의 상품 기호체계는 끊임없이 확충되는 것이다. 커뮤니케이션을 하는 자는 다변적인 사회조류에 근거하여 새로운 의미 상관성을 수시로 만들어낸 다음 대중매체를 통하여 이 같은 의미 상관성을 상품 기호가 자연화시키고 또한 시기적절하게 모 쇼핑몰의 진열대거나 진열장에 진열해 놓게 한다.

하지만 이 같은 의미 상관성이 언제나 소비사회의 언어 환경을, 특히는 소비사회의 소비 원칙을 전제로 한다는 점에 주목할 필요가 있다. 이 같은 사회적 언어 환경을 이탈할 경우 '소비'는 강력한 사회적 의미를 발생시키지 못하기에 상품의 의미 구축 역시 무력하고 생기가 없어 보일 수 있다. 때문에 의미 상관성의 구축은 언제나 특정된 역사적 문화를 떠날 수 없으며, 얼핏 보기에는 손길 닿는 대로 가져다 접합한 것 같지만 사실은 강렬한 이데올로기 색채를 은폐하고 있는 것이다.

3) 기표와 기의 의미 상관성의 '동형—'기업 이미지 구축이 궁극적 목적

'동형'은 의미 상관성의 단일성을 의미할 뿐만 아니라, 의미 상관성의 극단적인 자연화도 의미한다. 기호의 기의는 워낙 다의적이고 불확정적이지만 '동형'이 이 같은 다의성을 해소하고 특정 역사 시기 내에 마음대로 해체할 수 없는 의미 상관성을 구축한다. 기업 이미지를 구축하는 궁극적 목적 역시 여기에 있는데, 기업은 전달한 기의 의미를 수시로 파편화된 수많은 기표에 관통시키고 온화한 서사 수법으로 기호의 의미 상관성을 고정시킨 다음 일련의 커뮤니케이션 책략을 통하여 이 의미 연관성을 강화함으로써 비교적 명확하고 견고한 기업 이미지를 구축하며, 또한 이 이미지를 보기에는 당연한 것 같은 객관적 사실이 되게 한다. 독특한 매력이 다분한 기업 이미지는 소비자들로 하여금 그 상품에 각별한 애정을 가지게 함으로써 대중들이 상품을 소비할 때 기업 이미지가 가져다준 모종의 가치를 소비하면서 모종의 느낌까지 향수하게 한다. 기업 이미지의 독특한 매력이 결국 상품 기호 가치를 촉성했다고 말할 수 있다. 따라서 기표와 기의 간의 단일하고 견고한 '동형' 관계를 구축하고 상품 기호 가치를 촉성케 하는 것이 곧 기업 이미지를 구축하는 궁극적 의의이다. 하겐다즈의 '샤오쯔'와 '로맨스', 코카콜라의 '청춘'과 '활력', 애플사의 '혁신'과 '최신 유행', 하이얼의 '친절함'과 '신용' 등 독특한 기업 이미지는 이미 대중들의 의식 속에 응고되어 특정시기에 기업 기호의 기표·기의와 한데 접착된 데서 쉽게 떼어놓을 수 없게 되었다.

결과는 어느 하나의 기의를 표현하려면 반드시 어느 하나의 기표를 선택해야 하는데, 어느 하나의 기표와 조우할 경우 자연히 고정된 어느 한 기의를 선택해야 한다. 이 같은 의미 연관성의 '동형'은 당연한 존재라고 여기거나, 혹은 우리가 기업과 이미지 간의 의미 연관성에 대해 질의를 하려는 생각을 갖지 않은데서, 그중에 은폐되어 있는 강제적 규약을 발견하지 못했을 수도 있다. 사실상 기업 이미지를 구축할 때, 기표와 기의의 '접합' 과정은 이데올로기의 색채가 다분하다.

기업 기호를 커뮤니케이션하는 과정에서 기호의 의미 연관성은 반드시 커뮤니케이션을 하는 자의 의도에 따라 존재하는데, 대중매체의 강제적 주입 하에서 기호의 기표는 기타 기의와 자의적으로 결합할 수 있는 공간과 경로를 상실하거나 심지어 본래 가지고 있던 의미 연관성마저 대중매체의 압박으로 인해 강압적으로 간과하는 바람에 사전에 설정해놓은 기의를 커뮤니케이션할 수밖에 없다. 이 같은 강제적 설정은 광고 매체에서 각종 현란한 기표에 의해 자연스럽게 꾸며져 마치 이데올로기에서 벗어난 매체 형태로 나타날 수 있으며, 심지어 마음을 움직이고 주의를 기울일 수 있는 설명이거나 방약무인한 자기표현이 되어, 시도 때도 없이 메시지를 방출하면서 커뮤니케이션을 하는 자가 기호에 강제로 부여한 모종의 의미를 전송한다. 이 역시 강제적 본질을 당연한 것처럼 표상에 은폐케 하는 '동형'의 모략이다.

6. 여러 개의 함축적 의미로 이루어진 기표에 편승하는 기업 광고의 커뮤니케이션 본질

상품의 기호 의미를 생성함에 있어서, 사전의 인위적인 설정을 통하여 실현할 수도 있지만, 커뮤니케이션을 하려면 그래도 기타 기호에 편승하거나 의미를 공모해야 한다. 특히 광고 커뮤니케이션 과정에서 이 같은 편승을 실현하려면 기호 체계에서 어울리는 여러 개의 함축적 의미로 이루어진 기표(含指項)를 찾아내어 의미를 바꾸어놓고 커뮤니케이션을 달성할 필요가 있다. 다만 어느 때든지 이 같은 의미 생성 메커니즘이 특정한 역사와 문화 환경을 떠나서는 안 되며, 기호를 커뮤니케이션 혹은 부호화 하는 자와 해독 하는 자가 같은 기호계(Semiosphere, 符号域)이거나 비슷한 기호계에 처해 있어야 만이 의미를 순조롭게 커뮤니케이션할 수 있다. 그렇지 않으면 편차적인 해독이 발생하여 예기한 커뮤니케이션 효과에 도달할 수 없거나 심지어 여러 가지 오해를 초래할 수 있다. 상품 기호 가치를 생성하는 것도 이와 마찬가지이고, 브랜드 이미지와 기업 이미지를 구축하는 것도 역시 이와 다를 바가 없는데, 여러 개 함축적 의미로 이루어진 기표를 성공적으로 활용하여 편승적인 커뮤니케이션을 이룩하려면 될 수 있는 한 편차적인 해독을 줄여야 한다.

위에서 이미 '함축적 의미'의 개념을 언급했지만, 함축적 의미의 기표(표현 면)가 "여러 개의 지시적 의미의 결합 즉 여러 개 기호(한데 결합된 기표와 기의)가 공통으로 구성될 때, 이 같은 함축적 의미의 기표를 여러 개의 함축적 의미로 이루어진 기표(connotateurs, 含指項)라고 부른다."[80] 여러 개 함축적 의미로 이루어진 기표를 보다 형상적으로 이해하려면 우리가 중학교와 초등학교 시절에 접촉했던 수학에서 나오는 '동류항'이란 개념을 연상할 필요가 있다. '동류항'은 단일한 요소로 구성된 것이 아니라, 모두가 하나의 '집합'이라는 개념이다. 따라서 여러 개의 함축적 의미로 이루어진 기표(含指項)가 이루어지려면 둘 이상의 '항'(즉 여러 개의 지시적 의미가 결합된 기호)을 포함해야 하고, 항과 항 사이에 유

---

80) 隋岩, 「符号傳播的詭計」, 『電視學(第二輯)』, 北京, 中國傳媒大學出版社, 2008, 23쪽.

사한 구조거나 기능이 존재해야 하며, 그들이 한데 집합할 때 새로운 의미 연관성(의미작용)을 발생하고 의미 의식을 실현하여 의미 커뮤니케이션을 완성시켜야 한다. 이것이 바로 이른바 편승(차력) 커뮤니케이션, 이쪽 힘을 빌리어 저쪽에 커뮤니케이션 하는 것(借此傳彼), 혹은 상호 편승(相互借力)이다.

1) 종적 통합은 여러 개의 함축적 의미로 이루어진 기표(含指項)의 치환 (置換) 법칙이다

동종의 기호, 적절하게 말하면 계통 내의 하나의 특정된 통합축(聚合軸) 위에 놓여있으면서 사람들로 하여금 피차간에 대해 상응하는 연상을 할 수 있는 기호를 말한다. 그렇기 때문에 소쉬르 역시 동일한 통합축 위의 기호 집합을 '연상의 장'(聯想場)이라 칭했다. 예를 들면, 동종의 사물은 흔히 동일한 필드에 처해 있으며, 어법(구문) 규칙상에서 볼 때 그들은 위치적으로 상호 대체성을 가지고 있고 속성도 비슷하지만, 완전히 같은 것은 아니다. 특정한 문화적 언어 환경에서 같지 않은 통합축 위의 기호는 사회적 의미에서도 차이가 있으므로 기능과 사용법을 마음대로 교체할 수가 없다. 여러 개의 함축적 의미로 이루어진 기표(含指項)을 설정하는 법칙이 바로 본래 통합 축 위에 놓여있지 않는 기호를 강제적으로 동일한 위치에 놓은 다음 어법상의 도착(錯位)을 이용하여 한 기호의 의미를 다른 한 기호에 주입시키거나, 두 개 심지어 여러 개의 기호를 가지고 하나의 의미를 공모하는 것이다. 그리고 대중매체를 통하여 효과를 확산하여 이 같은 의미를 커뮤니케이션함으로써 두 개 혹은 여러 개의 기호를 강제적으로 동일한 '연상의 장'에 배치한다.

다만 이 같은 강제성은 여러 가지 수사적 수법에 은폐되어 온화하고 아름다운 서사 가운데서 이것으로 저것을 대체하는 과정을 완성할 뿐이다. 예를 들면, 스타를 홍보모델로 한 여러 개 함축적 의미로 이루어진 기표(含指項)를 설정하는 경우이다. 본디 스타와 상품은 두 개의 통합축 위에 놓여있는 기호이지만 텔레비전 광고이든 평면적 광고이든 모두 습관적으로 스타와 제품을 병치하여 하나의 화면에 배치한다. 그 일반적인 설정 법칙은 도표 9-6-1와 같다.

E2	R2		C2 모종의 의미
E1 모스타	R1	C1 한 남성 연예인/한 여성 연예인	
E1' 모종의 상품	R1'	C1' 모종의 기능을 가진 제품	

도표 9-6-1 여러 개 함축적 의미로 이루어진 기표(含指項) 중의 의미 이식 커뮤니케이션 메커니즘

모종의 상품 E1'은 커뮤니케이션을 하는 자에 의해 특정된 '사회적 신분'이 설정된 후, 물품에 부여된 의미 C2를 실현하려면 반드시 안정된 사회적 의미 C2를 가지고 있는 모 스타 E1의 도움을 받아야 하며, 스타의 기질을 상품의 기질에 전이시키려면 양자를 같은 화면에 병치해야 한다. 대중매체는 '스타'라는 이 대중문화의 산물에 신화적 색채를 띤 의미를 부여해 준다. 뿐만 아니라 스타별로 매체에 의해 상이한 '기질'을 구축하고 있다.

커뮤니케이션을 하는 자는 상품 기호의 포지션에 따라 모종의 기질에 부합되는 스타를 찾아낸 다음 제품도 그 스타의 기질을 갖게 한다. 따라서 여기서의 '기질'이나 '품위'는 곧 상품 기호가 커뮤니케이션 과정에서

추구해야 할 신분, 즉 상품과 함축적 의미 관계를 설정케 하는 것이다. 이 같은 소위 의미라는 것은 상품이 기호가치를 발생시킬 수 있는 토대가 되어, 상인들이 고액의 이윤을 창출하는 은폐 수단으로 활용하고 있는 것이다.

2) 정과 물적 의미의 공모는 기업 광고의 기호 커뮤니케이션의 전략

광고는 기업의 신화를 창설하는 주요 매개의 하나로서 그 파워가 이처럼 신기할 수 있는 것은 무의미한 사물에 익숙하고 다양한 의미를 편성하기 때문이다. 의미를 엮는다는 것은 이데올로기의 조종 하에서 상품의 교환가치가 평가 절상하면서, 가치도 따라서 산생한다는 것을 의미한다. 때문에 소비사회라는 언어 환경에서 광고의 근본적 어필은 '물질적 점유'와 '의미적 소비'라는 '이원적 소비 구조' 위에 구축되어 대중들의 소비를 불러일으키는 이중적 욕구로 작용한다.[81]

위에서 언급했듯이 여러 개의 함축적 의미로 이루어진 기표는 그 치환에 있어서 이 같은 '이원적 구조' 위에 구축하는 것을 전제로 하는데, 기업 광고의 커뮤니케이션 전략이란 결국은 사람들의 '감정', '수요', '욕구' 등 이데올로기 요소를 기업 자체거나 기업과 관련된 기호에 전이하여 감정과 물적 의미의 공모를 실현하는 것이다. 그리하여 상품 자체의 객관적인 물적 속성과 상품에 부여된 주관적인 사회적 속성이 공통으로 기업 이미지를 구축하게 된다. 도표 9-6-2에서 밝힌 것처럼, 광고는 사

---

81) 李思屈, 「广告符号与消费的二元结构」, 『西南民族學報(哲學社會科學版)』 2000년 제5기.

람 E1과 기업 혹은 기업과 관련된 기호 E1'을 병치했다.

이때 광고 커뮤니케이션을 하는 자는 완곡하고 함축적이고 서정적인 서사 수법을 가지고 수용자들을 모종의 특수한 상황 속으로 데리고 들어가 사람들의 여러 가지 감정 및 감정 어필과 사회적 속성 C2를 기업 자체거나 모종의 브랜드, 모종의 구체적인 상품에 전이함으로써 E1'과 C2의 의미 연관성을 구축한다. 이로서 대중들 마음속의 기업 이미지 역시 기표도 포함되고 기의도 포함된 '이원적 구조'로 구성된다.

여기서의 기표 체계는 여러 개 함축적 의미로 이루어진 기표로 구성되었기에 하나 혹은 여러 개 기호가 구성된다. 예를 들면, (E1 R1 C1)과 (E1' R1'C1')이 그것이다. 그 기의는 오히려 인간의 이데올로기로부터 생성된 일련의 의미 체계로 구성된다. 예를 들면 C2이다. 이것이 바로 우리가 본 장의 서두에서 언급한, 객관적 속성이란 곧 자연적 속성이고 주관적 속성이란 곧 사회적 속성이라는 기업 이미지의 객관적 속성과 주관적 속성에 대한 묘사이다. 사회소비라는 언어 환경에서 기업 기호에 부여된 사회적 속성은 대중들을 더욱 매료시키면서 기호 가치를 생성하는 보다 강한 포커 칩스로 되게 할 뿐만 아니라, 기업 이미지를 기업 경쟁력을 보다 격상시킬 수 있는 '소프트웨어 자본'으로 부상하도록 한다.

E2	R2		C2 의미, 감정, 사회적 속성
E1人	R1	C1 인간의 자체 속성	
E1' 모 기업 및 각종 기호	R1'	C1' 기업의 객관적속성	

도표 9-6-2 사회적 속성을 기업 혹은 제품에 이식하는 여러 개의 함축적 의미로 이루어진 기표의 커뮤니케이션 메커니즘

7. 다문화 커뮤니케이션 언어 환경에서의 기업이미지 커뮤니케이션

"2004년 9월 잡지『국제 광고』는 이런 평면적 작품을 실었다. 중국 고전 양식으로 된 정자에는 두 기둥이 있고 기둥에는 각기 금룡이 그려져 있었다. 왼쪽 기둥의 용은 기둥을 휘감으며 위로 올라가고 있었고, 오른쪽 기둥은 반드르르 하게 윤이 흐르고 있었는데 역시 반드르르 한 윤이 흐르는 용이 기둥에서 아래로 미끄러져 떨어지는 형상을 하고 있었다."[82]

이 작품은 일본 페인트 브랜드인 '닢본' 페인트(NIPPON PAINT)의 한 광고 아이디어였는데, 용과 기둥에 '닢본' 페인트를 칠한 후 너무나 윤기가 흘러서 용이 아무리 천하무적이라 해도 기둥을 오르지 못하고 미끄러져 떨어진다는 의미를 부각시키고 있었다. 잡지는 특별히 옆에다 "뛰어난 아이디어로 제품의 특색을 아주 희극적으로 표현했다"는 평가까지 덧붙였다.[83] 하지만 "중국 용'이 미끄러져 떨어지게 한 것은 도발 행위이다.", "어떻게 용을 가지고 장난하느냐?", "중국인의 잠재의식에 대한 도발이다.", "광고 발표자에게 다른 꿍꿍이가 있다.", "중국인들에게 사과

---

82) 林升梁,『跨文化广告傳播學』, 廈門, 廈門大學出版社, 2011, 48쪽.
83) 위의 책.

해야 한다."는 등 중국의 많은 네티즌들이 이 아이디어에 동감할 수 없다면서 불만을 토로했다. 이는 잡지『국제 광고』와 광고 대리인이 예상하지 못한 일이었다.

동일한 커뮤니케이션 텍스트를 대하면서 어찌하여 이렇듯 다른 해독이 나오게 되는가?[84] 광고가 어찌하여 사전에 설정한 커뮤니케이션 방향을 벗어나 첩첩한 오해에 휩싸이게 되는가? 어찌하여 광고가 예상한 커뮤니케이션 효과를 달성하지 못하거나 심지어 아무런 효과도 발생하지 못하는가? 이는 다문화 커뮤니케이션 언어 환경 중 기호의 '부호화와 해독'이라는 의제와 관련이 된다. 19세기 중후기, 영국의 문화연구학자 스튜어트 홀은 '부호화와 해독'이라는 이론을 내놓으면서 전통적인 커뮤니케이션 패턴에 도전했다. 그는 한편으로 대중매체가 수용자들에게 미치는 영향을 시인하면서, 다른 한편으로 수용자들이 결코 완전히 커뮤니케이션을 하는 자의 의도에 따라 메시지를 이해하는 것이 아니라고 했다. 그는 "부호화와 해독은 필연적인 일치성이 없다.

전자는 '사전 선정'(預先選定)을 시도할 수 있지만, 후자는 자기가 존재할 수 있는 조건이 있으므로 후자를 규정하거나 보증할 수 없다"[85]고 밝혔다. 다문화 커뮤니케이션 과정에서 수용자들의 문화 배경이 더욱 복잡해지므로 인코더(編碼者)는 디코더(해독자, 解碼者)가 기호 의미의 일치성을 복원하는 것을 '규정하고 보증'하는 것이 한결 어려워질 수 있으며, 심지어 대항적인 해독이나 왜곡된 해독에 봉착할 수 있다. 스튜어트 홀

---

84) http://news.163.com/special/j/jiaofeng040923.html.

85) 스튜어트 홀(斯圖亞特 霍爾),「編碼, 解碼」, 王广州 譯, 羅鋼, 劉象愚,『文化硏究讀本』, 北京, 中國社會科學出版社, 2000. 355쪽.

역시, 부호화와 해독이 완전히 일치할 수는 없을지라도 이 같은 도착(錯位)은 여전히 어느 정도 한계가 존재하며, 그렇지 않다면 수용자들이 "그들이 선호하는 어떠한 메시지로 모두 간단하게 해독한다면"[86] 커뮤니케이션 역시 운운할 가치가 없다고 지적했다. 수용자들이 메시지의 의미를 완전히 복원한다고 보증할 수는 없다고 하더라도, 제 마음대로 의미를 편성하지 않고 일정한 표준을 참조하여 해독한다고는 말할 수는 있다. 이 같은 표준은 사실상 우리가 앞에서 언급한 기호 의미 관련성에 대한 강제적 규제로서, 이 같은 규제가 기득권층 이데올로기의 조종을 강하게 받는다 하지만, 이 같은 규제를 상실할 경우 인간의 교류, 문화의 연속적인 확산과 전승 역시 더는 존재할 수 없게 된다.

  기업 이미지의 다문화 커뮤니케이션으로 말하면, 의미 관련성의 설정이 바로 이른바 '부호화' 단계이자 의미의 '제조 단계'로서, 순조롭게 커뮤니케이션을 할 수 있느냐 하는 것은 여전히 수용자들이 사전에 설정한 대로 '해독'하느냐, 편성된 텍스트가 잠재의식의 욕구를 불러일으키면서 공감을 얻고 커뮤니케이션의 '공명' 효과를 발생하느냐를 보아야 한다.

1) 편차적 해독의 원인은 기호계의 차이

  기호계(semiosphere, 符号域)라는 개념은 러시아의 문화학자 유리 로트만이 '기호계'라는 글에서 처음으로 언급했다. '기호계'는 "기호가 존재하고 운용되는 공간으로서, 동일한 민족의 각종 문화기호·문화텍스트가

---

86) 위의 책.

존재하고 활동하는 공간이 한 민족 문화의 기호계를 구성하는데… 한 민족 문화의 복수 기호 체계가 생겨나 활동하고 발전하는 공간이며… 모든 기호 체계가 운용되는 공간이자 한 민족의 문화 배경·활동 공간 발전 공간이며, 민족의 역사·관념·습속의 통합체이다.'[87] '기호계'라는 이 개념은 스튜어트 홀이 언급한 '한계'라는 말과 일치하다.

인코더와 디코더는 언제나 일정한 표준에 따라 일정한 범위에서 행동하지만, 어느 한계를 벗어나거나 어느 필드(域場)를 뛰어넘으면 의미를 순조롭게 커뮤니케이션할 수 없게 된다. 이에 근거한다면 코드(符碼)에 대한 우리의 이해 역시 보다 분명해질 수 있다. 코드는 "일련의 규칙이나 커뮤니케이션을 하는 자와 수용자들이 공지(共知)하는 일종의 해석적 메커니즘으로서 어느 한 기호에 모종의 의미거나 내용을 부여할 수 있는"[88], 기호가 탄생하는 과정에서 반드시 지켜야 할 모종의 문화 규약이자 사회적 경험과 이데올로기의 권리적인 공모라 할 수 있다.

마찬가지로 앞에서 언급한 '함축적 의미의 연관성(의미작용)' 구축이나 '메타언어' 메커니즘 생성 역시 특정된 코드의 조종 하에서 진행되는, 특정된 문화 기호계에서 의미를 생산하고 커뮤니케이션하는 메커니즘이다. 따라서 문화는 특정 기호계 속의 문화이므로 이 특정된 시공을 벗어날 경우 '코드' 역시 따라서 변화되면서 문화 기호의 해독 과정도 보다 어렵게 변화된다.

앞에서 언급한 '닢본' 페인트 광고가 커뮤니케이션에서 차질이 나타난

---

87) 鄭文東, 「符号域 :民族文化的載体 — 洛特曼符号域概念的解讀」, 『中國俄語敎學』, 2005년 제4기.

88) 蘇特 杰哈利, 『广告符碼 — 消費社會中的政治經濟學和拜物現象』, 馬姍姍 譯, 北京, 中國人民大學 出版社, 2004. 155쪽.

것도 바로 인코더가 디코더에 대한 '기호계'의 문화적 규제를 등한시한 데서 초래된 편차적인 해독으로서, 광고 커뮤니케이션의 신화가 탈구축 (해체)되면서 다른 한 가지 신화가 재구성되었기 때문이다. '용'은 서양의 기독교문명에서 대부분 '사악하고 호전적이고 폭력적'인 상징물이지만, 전통적인 중화문명에서는 우러러 존경하는 문화적 토템이다.

아이디어 고안자는 유머적이고 과장된 수법으로 '닢본' 페인트를 칠한 기둥에서 용이 너무나 미끄러워 어찌할 바를 몰라 하다가 아래로 미끄러지는 장면을 연출하면서 '닢본'의 '반들반들'함을 부각시키고자 했다.

즉 '닢본' 페인트가 용을 '이겼다'는 것이다. 그 부호화의 목적은 '닢본' 페인트라는 이 기표를 '품질이 좋고 효과가 강하다'는 기의와 의미 관련성을 구축하려는데 있었다. 하지만 중국인들 입장에서 말하면 '용'은 중국 전통문화에서 신성하고 감히 범할 수 없는 중요한 토템이기에, 용의 이미지를 무너뜨리는 행위를 받아들일 수 없었다. 게다가 '닢본' 페인트는 일본 브랜드여서 중국인들의 민족적 정서를 더욱 자극하게 되면서 '닢본' 페인트와 '중국 용'이라는 병치가 하나의 새로운 의미를 공모했다.

즉 "중국인들은 유구한 중국의 용에게 일본의 닢본 페인트를 반들반들하게 칠하자 구름을 타고 다니던 본성을 상실하고 땅 위에 똬리를 틀고 있는 뱀이 되었다. 이는 마치 중국 전통문화가 일본의 상업문화에 머리를 숙이고 복종한 것과 같다"[89]는 뜻으로 해독했다. 따라서 기호계가 전환되고 코드도 전변되고 해독에 편차가 발생하면서 새로운 의미 연관성 (의미작용)을 발생했다. 즉 '닢본' 페인트와 일본 상업문명이 의미 연관

---

89) 林升梁,『跨文化广告傳播學』, 廈門, 廈門大學出版社, 2011, 167쪽.

성을 구축하고 '중국 용'과 '중국 전통문명'이 의미 연관성을 구축했으며, 자연적인 '용이 닢본 페인트를 칠한 기둥에서 미끄러지는' 것은 '일본의 현대문명이 중국의 전통문명을 이겼다'는 것을 의미하면서 신화가 재구성되었다.

도표 9-7-1에서 알 수 있다 시피, 인코더는 용이 미끄러지는 것인 E1과 닢본 페인트 E2를 병치하여 닢본 페인트가 너무나 강력하여 비할 바 없이 신기하다는 의미 C3을 공모하려 시도했다. 그러나 도표 9-7-2에서 발견할 수 있다시피, 디코더는 양자의 병치 중에서, 일본의 현대문명이 중국의 전통문명을 '이겼다(C3)'는 다른 한 가지 의미를 해독해냈다. 인코더는 닢본 페인트라는 이 기업에 유머적이고 강력하며 신뢰할 수 있는 긍정적 이미지를 수립하려 했지만, 해독 과정은 도리어 기업 이미지를 엉망이 되게 했다. 이는 문화적인 원인이 있을 뿐만 아니라 특정 역사적 원인도 있으며, 기호계가 다름에 따라 기호 체계의 구조 관계도 다르고 코드 규칙이 다름에 따라 의미에 대한 수용자들의 연상 역시 차이가 나타난다는 것을 설명해준다.

E3	R3		C3 초강력하여 비할 바 없이 신기할
E1 미끄러지는 용	R1	C1 닢본 페인트를 칠한 기둥	
E2 닢본 페인트	R2	C2 모종의 일본 브랜드 페인트	

도표 9-7-1 인코더가 기대한 닢본 페인트 함축적 의미 커뮤니케이션 메커니즘

E3	R3		C3 일본 문명이 중국 문명을 전승
E1' 미끄러지는 용	R1	C1' 아주 반들반들한 낡본 페인트를 칠한 기둥	
E2' 낡본 페인트	R2	C2' 모종의 일본 브랜드 페인트	

도표 9-7-2 일부 디코더가 해독한 낡본 페인트의 함축적 의미 커뮤니케이션 메커니즘

2) 광고 커뮤니케이션의 '공명' 효과 증강은 편차적 해독 감소

　최적의 커뮤니케이션 효과는 대체로 인코더와 디코더가 완전히 같은 기호계에 놓여 있고, 디코더가 인코더의 의도에 따라 해독되는 경우인 것이다. 하지만 커뮤니케이션을 실천하는 과정에서 이 같은 상황을 실현한다는 것은 무척 어려운 일이다. 인코더의 부호화는 메시지의 '생산' 단계만 완성할 뿐이어서 '유통' 단계와 '소비' 단계에는 메시지가 전적으로 디코더의 지배를 받지 않기 때문이다. 따라서 디코더는 해독의 '자유'를 어느 정도 가지게 된다. 스튜어트 홀은, "부호화와 해독의 코드는 결코 철저히 대칭되어 있는 것은 아닐 수 있다.

　대칭 정도란 곧 전달자-생산자(인코더)와 디코더-수용자가 처한 위 사이에 구축된 대칭/비대칭(대등 관계)의 정도를 말한다. 하지만 이 같은 전환은 또한 코드 간의 동일성/비동일성 정도에 의존하므로 이 같은 코드는 모든 전달 메시지를 완전하게 혹은 불완전하게 전달하거나 중단할 수 있는가 하면 체계적으로 왜곡할 수도 있다."[90]

　즉 디코더와 인코더 간의 코드가 '동일성' 경향이 강할수록 메시지를

---

90) 스튜어트 홀(斯圖亞特 霍爾), 「編碼, 解碼」, 앞의 책, 348쪽.

보다 잘 '이해'할 수 있고, '비동일성' 경향이 강할수록 메시지를 '오해'하기가 십상이다. 때문에 다문화적 광고를 커뮤니케이션하는 과정에서 수용자들로 하여금 커뮤니케이션을 하는 자의 의도를 보다 정확하게 이해하게 하려면 수용자들의 코드를 참고하여 부호화하여 될 수 있는 한 '오해'를 제거하여 편차적인 해독을 줄일 필요가 있는 것이다.

앞에서 언급했듯이, 기업 이미지를 형상화하려면 기업 기호의 모종의 의미 연관성을 구축하거나 강화해야 하며, 이 과정은 기타 기호에 편승하여 여러 개의 함축적 의미로 이루어진 기표(含指項)의 의미를 전이할 것을 요구한다. 하지만 의미 전이는 자동적으로 발생하는 것이 아니라 수용자들의 이해 즉 수용자들의 주도적인 해독을 통하여 모종의 의의를 '재생산'해야 한다. 도표 9-7-1에서 밝힌 것처럼, 여러 개의 함축적 의미로 이루어진 기표(含指項)의 의미가 이식을 완성하는 전제 조건은 기호 E의 의미가 당시 사회에서 사회적 공감대를 형성하여 수용자들이 특정 기호계의 범위 내에서 그 의미를 정확하게 해독함과 아울러 기호 E'에 전이해야 한다. 이것이 곧 스타 홍보 대사(모델)의 일반적 커뮤니케이션의 메커니즘이다. 도표 9-7-3에서 밝힌 것처럼, 차이나모바일은 유명 가수 저우제룬(周杰倫)을 M-ZONE(動感地帶) 서비스 모델로 삼았는데, M-ZONE 서비스는 젊은 층을 주요 고객으로 하는 서비스이고, 저우제룬 또한 '젊음, 최신 유행, 역동적'인 이미지를 대표할 뿐 아니라, 대륙의 젊은 세대들로부터 폭 넓은 지명도와 영향력을 가지고 있었기 때문이다. 따라서 이 부분의 수용자들은 주동적으로 기표 E1 '저우제룬'의 함축적 의미의 기의 C2 '젊음, 최신 유행, 역동적'을 기표 E1'인 'M-ZONE'에 이식하면서 해독 과정을 순조롭게 완성할 수 있었다.

반대로 수용자들이 저우제룬을 익숙히 알지 못하거나 다른 인상을 가지고 있었다면, 의미 이식의 과정이 아주 어려워져 편차적인 해독이 나타나면서 기업브랜드의 이미지를 성공적으로 구축하기가 어려워 커뮤니케이션도 성공적으로 이루어지지 못했을 것이다.

E2	R2		C2 젊음, 최신 유행, 역동적
E1 저우제룬	R1	C1 某位歌星	
E1' M-ZONE	R1'	C1' 모종 통신 서비스 브랜드	

도표 9-7-3 저우제룬을 홍보 모델로 한 M-ZONE 서비스 함축적 의미 커뮤니케이션 메커니즘

특히 소비사회에서 의미를 생산할 수 있느냐는 상품의 기호 가치를 순조롭게 실현할 수 있느냐와 직접적으로 관련된다. 그리하여 날로 많은 광고들이 '호객 판매'와 같은 구어체 방식을 버리고 서정시를 읊는 것 같은 방식으로 전환하고 있는데, 그 "결정적 작업은 일부 포장을 디자인하여 각종 자극(광고)을 포장한 다음, 한 사람이 저장하고 있던 기존의 정보와 그 자극 간에 공명작용을 발생시켜 이를 통해 사람들이 더욱 많은 정보를 얻고 싶어 하고 더욱 배우고 싶어 하는 마음을 유발시킴으로써 행위에 영향을 미칠 수 있는 효과를 발생하는 것이 궁극적 목적이다."[91]

여기서 소위 말하는 '공명'은 앞에서 언급한 '메타언어의 공명'과 사실상 상통하는 부분이 있다. 대중들은 기업의 신규 기호를 접할 때 흔히 자기도 모르게 과거에 접했던 기호와 연계시키면서 더욱 풍부한 연상을 하게 된다. 광고의 목적이 바로 새로운 기호 텍스트를 구축하여 "사람들

---

91) Sut Jhally(蘇特 杰哈利), 앞의 책, 155쪽.

에게 즐거운 분위기를 조성시킴으로써 수용자들이 시장에서 제품을 접할 때 즐거운 연상을 유발하도록 하면서"[92] 그들의 기존의 사회적 경험을 격발시켜 텍스트의 의미를 주동적으로 충전하고 풍부하게 만드는 것이다. 이때 대중들은 광고 의미의 최종 구축 자가 된다. 수용자들의 읽기와 해석이 결국 작품을 완정한 작품으로 만들기에 광고는 수용자들이 해독하고 '소비'한 후에야 비로소 커뮤니케이션이 완성되었다 할 수 있는데, 이는 곧 수용미학의 관점에 부합되는 것이다.[93]

여기서 만약 수용자들이 모종의 자기 느낌이나 꿈을 광고에 융합하여 공명을 발생시킨다면 광고 커뮤니케이션에 '공명 효과가 나타날 수 있으며, 심지어 수용자들이 이로 써 보다 즐거운 연상이나 의미를 상품에 주입시킨다면 광고의 의미 공간이 더욱 풍부해질 수 있다. 여기서 의미의 연장이 결코 의미에 대한 '오독'이나 '곡해'와는 다르며, 보다 많은 개체 경험이 유입되었다 하더라도 해독과 부호화의 코드가 완전히 대등한 것이 아니라 여전히 비교적 일치한 방향을 유지한다는 점에 주목할 필요가 있다.

기호계와 특정된 코드는 커뮤니케이션을 하는 자와 수용자들에게 일련의 의미 체계를 제공하고 있다. 더 적절하게 말하면 일련의 의미 참조 체계를 제공하고 있다는 것이다. 이 일련의 체계에서, 수용자들은 일정한 공통된 인식을 가지고 있어서 일부 문화 기호에 대해 상대적으로 통

92) Sut Jhally, 위의 책, 144쪽.
93) 수용미학의 관점에 따르면, 텍스트가 만들어졌다는 것은 절반 밖에 완성하지 못했다는 것을 뜻하며, 작품 중에 불확정성과 공백이 대량으로 존재하기에 수용자들이 다른 시각적 기대에 따라 텍스트를 읽고 해석하면서 이 같은 공백을 미봉해야 만이 완정한 텍스트가 완성된다.

일된 인지를 가지고 있지만, 대부분의 '공통된 인식'은 이미 자연화 되어서 대중들의 인지체계 속에서 당연한 '진리'로 자리매김 하게 된다.

이 같은 '공통된 인식'이 특정 계층의 이데올로기에 연마된 사회적 규제이기는 하지만, 함축적 의미, 메타언어 등 의미 생성 메커니즘이 실현될 수 있고, 기호의 의미가 이식될 수 있으며, 의미 연관성(의미작용)이 재구성될 수 있어서 커뮤니케이션의 신화가 따라서 탄생될 수 있는 것이다.

제5장

두 가지 기표 체계로부터 본 중국
매체의 국제적 이미지 커뮤니케이션

제5장
두 가지 기표 체계로부터 본 중국
매체의 국제적 이미지 커뮤니케이션

중국 매체는 2011년에 발표한 신문 출판업의 '세계화' 발전 기획[94]에 따라 중국 매체는 최근 몇 년 사이 세계적인 확장과 발전을 가속화했다. 중국 중앙텔레비전만 보더라도, 현재까지 해외 출장소가 70 곳, 날마다 6가지 언어로 171개 국가와 지역에 방송하고 있고 시청자가 3억 1400만 명[95]에 달하여 세계적으로 규모가 큰 텔레비전 방송으로 부상했다.

또한 인터넷 등 새로운 미디어 플랫폼을 통해 광범위한 방송망을 구축하고 있다. 하지만 시청자에 전달되는 효율성이나 국제적 영향력은 아직 이에 상응하는 수준에 이르지 못하고 있어서, 세계 텔레비전 뉴스 채널은 여전히 미국 유선 텔레비전 방송(CNN), 영국 공영 방송(BBC) 등 몇몇 미디어 업체가 좌지우지 하고 있다. 국가 소프트파워를 업그레이

94) 중국 정부 사이트(中國政府网), http://www.gov.cn/gongbao/content/2011/content_1987387.htm

95) 중국 중앙텔레비전(央視网), http://cctvenchiridion.cctv.com/ysjs/index.shtml

드하는 면에서 매체 이미지는 최근 몇 해 사이에 학계와 업계에서 줄
곧 주목하는 초점이 되기는 했지만, 그 진전은 사람들의 기대치에 훨
씬 미치지 못하고 있다. 이미지는 기호의 의미이므로 이미지를 부각시
키는 과정 중의 논리를 규명하려면 기호 체계에서 그 답을 찾아야 한다.
대다수 이미지 연구[우레이[96](2014), 우신홍[97](2012), 세즈[98](2010), 쉐커
[99](2008)]는 커뮤니케이션 책략과 효과라는 각도에서 진행하면서 기호
의미 자체와 텍스트 해석, 사회적 배경, 문화적 차이, 기술 수준, 인간과
기호의 상호 작용 관계 등 제약 요소를 고찰했다. 하지만 본 문장에서는
기호의 다른 한 측면, 즉 기표의 각도에서 기호의 이미지 차이를 해석하
고자 한다. 기표를 규명해야 만이 기의의 의미를 보다 잘 이해하고 해석
할 수 있기 때문이다.

1. 미시적 기표와 거시적 기표의 이미지별 매체 구축

'현대 언어학의 아버지'라고 불리는 소쉬르는 구조주의 이론을 기초로
하여 언어를 연구하면서 기호 체계를 기표와 기의 두 부분으로 나누었
다. 기표는 기호의 '형태'(표상)로서 물리적 형식으로 기호의 지칭을 나

---

96) 吳雷, 「我國媒体對外傳播的問題与對策[J]. 『靑年記者』, 2014(35).

97) 武新宏, 「電視紀彔片塑造与傳播國家形象現狀分析[J]. 『電視硏究』, 2012(02).

98) 謝稚, 「溝通,理解,宣傳,引導 ― 我國媒体在對外傳播中提升國家形象的策略[J]. 『理論月刊』,
2010(02).

99) 薛可, 余明陽, 「國家形象塑造中的媒体角色 ― 以汶川地震報道爲文本[J]. 『國際新聞界』,
2008(11).

타내는 방식이다. 예를 들면 소리·문자·이미지·건물 등이 그것이다. 기의는 기호의 의미이다. 즉 기표가 사람들 마음속에 투사한 의의이다. 기표로부터 착안하여 의미의 작용을 통하여 기의를 가리킬 때만이 완전한 기호 사슬이 이루어진다. 기호는 사상을 교류하고 정보를 전달하는 매개물이기에 우리는 모든 유형의 물리적 형식을 가지고 기표를 표현함으로써 남들이 자기 마음속에 구축한 기의 의의를 이해하기를 바란다.

기표가 없다면 정보를 표현할 수 없고, 기의가 없다면 정보를 전달할 수 없다. 전수(傳受) 양측이 기호의 기표와 기의에 대한 공통의 인지가 있어야 만이 교류를 할 수 있다. 이 같은 이분법이 나타나서부터 기의에게는 지고지상의 영예가 주어지게 되어 관심 정도가 기표를 훨씬 능가하게 되었다. 그 후 대량 배출된 기호학의 주요 인물 및 이론들, 예를 들면 야콥슨의 '은유'와 '환유' 연구, 바르트의 '신화' 이론, 자크 데리다의 차연(延流), 미셸 푸코의 '담론' 분석, 장 보드리야르의 소비문화 기호연구 등은 의의 구축이든 텍스트 해석이든 사회와 발생하는 관계이든 모두가 기표와 기의 생성 방식을 핵심 내용으로 간주했다.

하지만 대다수가 기표를 기의와 동전의 양면처럼 불가분리의 관계라는 객관적 실체의 각도에서 분석하면서 기의 의미에 물질적 기초를 마련해주었다. 후에 라캉이 기표와 기의를 분리하면서 기표가 기의를 능가하는 우위성을 가지게 되었으며, '자유롭게 떠다니는 기표'가 산생하게 되었다. 기표와 기의는 각기 다른 공간에서 독립적으로 운행되는데, 기표는 기호의 외적인 물질성과 사회성을 강조하고 기의는 기호의 내적인 정신과 개체성을 지향한다.[100] 현대 사회의 기호체계가 끊임없이 복잡해짐에 따라 기표의 작용과 지위도 끊임없이 중시되고 향상되는 바람에 기표의 다양성이 확립되거나 심지어 '카니발화' 하는 지경에까지 이르렀다. 매체라는 기호를 말할 때 이미지는 기의가 담당하지만 표현하는 면은 기표를 통해 실현됨으로, 기표의 끊임없는 복잡화는 이미지의 해독에 보다 많은 가능성을 열어놓았다. 아츄(阿丘), 리융 등 파격적인 일진의 사회자들이 중국 중앙텔레비전에 등장할 때, 평범한 모습에 안경을 걸고 약간 사투리가 섞인 말투의 사회자들이 시청자들의 호평을 받을 때, 중앙텔레비전 역시 더는 과거 위엄 있고도 판에 박은 듯한 이미지가 아니었으며, 사회자들의 예지 있는 반응과 융통성 있는 반응은 시청자들의 중앙텔레비전에 대한 인식의 변화를 초래했다.

'아침 뉴스'는 2009년 프로를 개편할 때 시각 이미지 변화와 내용 및 형식에 대한 조정을 통해 뉴스 채널에 대한 시청자들의 인기도와 관심도가 대폭 향상되었다.

프로를 개편한 후의 첫 번째 주, 시청 점유율이 16%나 상승했다.[101] 기표는 기의를 생성되는 근원이기에 기표가 다름에 따라 서로 다른 기의를 생성한다. 시청자들은 프로의 보도 내용, 화면 편집, 언어 서술, 사회자의 스타일 등 방식을 통하여 매체를 지각함으로써 매체에 대한 인상과 인지를 발생시켰다. 하지만 만약 중국 중앙텔레비전이 무엇이냐고 묻는다면 바이옌쑹(白岩松)이나 설맞이 전야제, 뉴스 채널과 같은 개개

---

100) 위뎬커(魏電克), 「論拉康的能指理論及其主體性內涵[J]」, 『河南師范大學學報(哲學社會科學版)』, 2014(06).

101) 周小普, 王沖, 「突破与困窘 ― 解析2009年中央電視台新聞頻道改版[J]」 『國際新聞界』, 2010(2).

의 기호를 가지고 묘사하기가 어려워, 흔히 그 지위, 속성, 영향력, 성질 등을 가지고 묘사한다. 인지 방식에 이 같은 차이가 발생하는 것은 기호 자체의 표현 방식과 관련된다. 즉 미시적 기표와 거시적 기표라는 두 가지 다른 기표체계가 작용을 하기 때문이다. 전자는 매체 기호에 대한 시청자(수용자)들의 몸소 겪은 직접적인 감수로서 이렇게 형성된 이미지으 인지는 체류하는 시간이 비교적 짧다. 후자는 미시적 기표 배후에 은폐되어 있는 매체가 속해 있는 국가, 경영 체제, 뉴스 이념, 매체 영향력 등 매체에 대한 성질, 지위와 같은 추상적인 묘사 등이 그것이다. 이 같은 기표의 함축적 의미는 사람들의 머릿속에 있는 매체의 이미지를 개선시킴으로써 시청자들에게 더욱 깊은 영향을 미치는 것이다.

1) 우리들로 하여금 매체 기호를 감수하게 하는 미시적 기표

매체 기호 중의 미시적 기표 체계는 우리가 매체 기호를 인식하는 직접적 통로로서 형태가 있고 접촉할 수 있는 구체적인 모든 매체 기호가 미시적 기표 체계를 구성하고 있다. 미시적 기표 체계를 통해야 만이 우리가 매체의 존재를 구체적으로 감수하고 매체 기호를 인식하며 매체 기호의 기의를 이해할 수 있다. 하나의 지시대상에 대해 대량의 기표를 가지고 표현할 수 있지만 미시적 기표의 변화는 흔히 매체 기호의 기의의 변화를 초래할 수 있다. 미시적 기표의 특징은 융통성 있고 다변적이며 이미지를 빨리 구축할 수 있다는 점이다. 동시에 접촉할 수 있는 물리적 외형으로 인해 복제하고 쉽고 모방하기 쉽다.

CNN 방송은 1980년 초에 설립되었지만 미시적 기표를 끊임없이 조정하고 변혁함으로써 다른 동종 매체와의 동질화 경쟁에서 신속한 격차를

보이면서 시청 점유율에서 우위를 차지했다. CNN은 우주왕복선 챌린저호의 폭발, 베를린 장벽 붕괴, 걸프전 등 격동의 현장을 생생하게 중계함으로써 그 진가를 전 세계인들에게 유감없이 보여 주었다.(-원문에서는 흑인 운동지도자 마틴 루터 킹의 암살사건을 신속히 보도했다고 했는데 시간적으로 맞지 않음-역자 주)[102] 이때부터 CNN은 뉴스의 정의를 '최근에 발생한 뉴스'로부터 '현재 발생하고 있는 뉴스'로 전환했고, 끊임없는 미시적 기표 체계를 통하여 '실시간 현장 보도'(생방송)라는 기의를 강화하였다. 이 같은 미시적 기표 체계의 응용은 또한 사람들이 뉴스에 대해 가지고 있던 고유한 생각을 바꾸어놓았을 뿐만 아니라 큰 사건이 발생시킬 때의 '생방송'이 텔레비전 매체 업종 규칙으로 변화하면서 처음으로 발표하거나 처음으로 방송하는 단독보도가 텔레비전 매체가 치열하게 경쟁하는 프로로 되었다.

　돌발사건이 막을 내린 후 오랫동안 시청자들의 머릿속에 남는 것은 매번 화면에 나오던 구체적인 내용이나 사회자의 현지 해설, 전문가의 논평인 것이 아니라, 신속하게 반응하면서 충족한 정보량을 제공한 CNN이라는 매체의 전체적인 이미지이다. 프로의 정보가 기억에 남는 시간은 길지 않다. 하지만 반복적으로 강화한 후의 매체 보도의 스타일은 장기적으로 남아있으면서 미시적 기표의 함축적 의미 부분을 구성하게 된다. 그리하여 다음에 이와 유사한 사건이 발생시킬 경우 시청자들은 기억에 남아있는 함축적 의미를 환기하면서 CNN의 뉴스를 주동적으로 찾게 되는 것이다.

---

102) Tony Tang, 『全球最大的新聞頻道CNN[M]』, 上海, 上海財經大學出版社, 2007, 4쪽.

이로부터 미시적 기표 체계를 통하여 시청자들이 매체의 함축적 의미에 대한 인식을 수립하고 또한 이후의 수용 행위를 결정하는데 지도적 의의가 있다는 것을 알 수 있다.

사람들은 매체를 이해하고 인식할 때 흔히 미시적 기표 체계를 통해 감지하게 되는데, 몸속의 개개의 미묘한 텔레파시까지 동원하여 짧은 시간 내에 신속하게 깊은 인상을 발생한다.

2) 머릿속의 매체 이미지를 공고히 하는 거시적 기표

거시적 기표 체계는 추상적이지만, 가공과 정제를 거친 것일 수도 있고 몸소 겪은 후에 승화될 수도 있으며 간접적인 피드백 형식(反饋式)이거나 평가 형식의 기표 표현일 수도 있다. 거시적 기표체계는 매체기호의 성질, 국별, 속성 등 방면의 특징으로부터 착수하여 매체의 경영 체제, 뉴스 이념, 매체 영향력 등도 관련되는데, 이 같은 특징 모두가 미디어의 조직적 기구에 뿌리를 두고 있는 뉴스 기구의 근본적 안신입명(安心立命)이기에 일단 형성되면 장기적으로 존재하게 된다. 따라서 거시적 기표 체계 역시 지구적이고 안정적인 특징을 가지고 있다. 거시적 기표 체계가 유발한 매체 이미지 역시 시청자들의 마음속에 더욱 깊이 뿌리를 내릴 수 있다.

거시적 기표가 매체 이미지에 영향을 미치는 방식은 미시적 기표와는 큰 차이가 있다. '경영방식'이라는 이 거시적 기표 부분을 놓고 보더라도 이미지에 영향을 주는 것은 지시적 의미가 아니라 함축적 의미이다. CNN 등 매체에 소속된 상업화의 경영체제는 객관적인 존재만이 아니기에 사람들의 각기 다른은 평가와 인지를 보다 많이 유발시킬 수 있었다.

이 같은 파생된 의미는 매체 기의 속에 '당연한 결과'(順理成章)로 자연스레 전환되었다. 이 '당연한 결과'로의 자연스런 전환 과정이 기호의 함축적 의미가 생성되는 과정으로서, 매체의 경영방식이 더는 중립적인 '상업화 경영체제'의 기의가 아니라, 긍정적인 '독립, 공정, 정부 감독의 매체 경영 방식'으로 전향하거나 부정적인 '수용자(시청자)들과 지나치게 영합하고, 취미가 저급한 매체 경영방식'의 함축적 의미로 전향할 수 있다. 함축적 의미가 구축한 기의는 비록 기호가 가지고 있던 지시적 의미 위에 구축되기는 했지만 서로 다른 역사적 언어 환경, 사회적 언어 환경, 문화적 언어 환경의 제약을 받아 같지 않은 숨은 뜻을 생성하고[103] 새로운 함축적 의미를 형성하여 매체 이미지의 일부분을 구성케 된다.

미시적 기표는 우리들에게 매체 기호에 대한 직관적 느낌을 줌으로써 매체 기호에 대한 인식은 미시적 기표로부터 시작해야 한다. 하지만 거시적 기표만이 매체 기호의 기의를 완전하게 만들 수가 있다. 미시적 기표의 매체 기호만 가지고는 매체에 대한 분명하고 지구적인 인상을 형성할 수 없으며, 거시적 기표를 거쳐 정제된 매체 기호만이 수용자들의 머릿속에 장구하게 기억되면서 이후의 수용 행위에 근거를 제공할 수 있는 것이다.

2. 두 가지 기표체계 하에서의 매체이미지

1) 미시적 기표는 메타언어 형식으로 나타나고, 거시적 기표는 차이와

---

103) 隋岩, 「元語言与換喩的對應合謀[J]. 『新聞与傳播研究』, 2010(1).

비교하는 가운데서 이미지를 생성한다

　중국 중앙텔레비전에 색다른 사회자들이 나타나자 시청자들은 더는 기호의 첫 번째 측면의 내포된 의미(지시적 의미)에 주목하지 않고 곧바로 기호의 두 번째 측면, 즉 상냥하고 친절한 함축적 의미로 향했다. 이 함축적 의미가 매체 기호가 전환할 때 바로 새로운 매체 이미지가 형성된다. 아츄(阿丘) 한 사람만 등장해서는 매체 이미지의 변화를 초래할 수 없다. 하지만 리용(李咏) 등 특징이 유사한 일진의 사회자들이 지속적으로 등장하면서 개별적인 우연한 현상이 보편적 의의를 가진 폭 넓은 사실로 전환하고, 나아가 시청자들이 당연한 것처럼[104] 받아들이게 되면서 매체 이미지에 변화가 생기게 되었다. 보기에는 합리적인 것 같은 전환 과정에서 미시적 기표는 메타언어의 역할을 맡았고, 또한 일반화 메커니즘을 통하여 함축적의 의미의 전이를 실현하게 되었다.

　메타언어는 기호 기의를 구성하는 다른 하나의 완전한 의미의 결합을 말한다. 중앙텔레비전이라는 이 기호에서 중앙텔레비전의 기의(상냥하고 친절한 매체 이미지)는 기호 아츄 등 사회자들을 통해 지칭된다. 이 같은 사회자 기호 자체가 완전한 기표, 기의, 지시적 의미와 함축적 의미로 구성되었다. 그 함축적 의미는 환유의 방식을 통해 널리 보급되고 일반화 메커니즘 작용을 거쳐 매체 기호에 활용됨으로써 매체 기호의 함축적 의미, 즉 매체 이미지를 형성케 한다. 바꾸어 말하면, 미시적 기표 기호는 메타언어의 형식으로 매체 기호 중에 존재하기에 메타언어의 기의에 변화가 생기면 일반화에 이를 수 있는 더욱 큰 측면(단계)의 매

---

104) 隋岩, 「從符号學解析傳媒言說世界的机制[J]. 『國際新聞界』, 2010(2).

체 기호 중에 형성될 수 있는 것이다.

더욱 추상적인 거시적 기표의 기호는 지시적 의미 측면에 이미지를 구성하는 것이 아니므로 단일한 사회환경과 문화환경 속에서 매체의 뉴스 이념, 정치적 역할, 경영 패턴 모두 그 배경에 서로 부응한다. 장기적인 역사발전 과정에서 그리고 상이한 사회환경 중에서만이 거시적 기표 기호의 의미와 가치가 부각될 수 있으며, 비교와 대비를 거친 후에 형성된 이 같은 파생적 의미나 함축적 의미가 수용자들의 마음속에 남아 매체 이미지가 될 수 있다. 국제적 커뮤니케이션 환경은 이 같은 차이가 나고 충돌적인 환경을 제공하여 이 같은 사회적 문화적 차이가 늘어나고 두드러지게 되는데, 비교를 거쳐 수용자들에게 완전히 다른 인지를 초래함으로써 뚜렷한 차이가 나는 매체 이미지를 생성하게 된다.

즉 거시적 기표 기호는 국제 커뮤니케이션에서 흔히 기호 간의 차이와 비교를 통해 이미지를 생성시킨다. 중국과 기타 선진국은 뉴스 발전사가 다르고 사회제도에 큰 차이가 있기 때문에 수용자들은 타국의 뉴스 매체(미디어)에 고정관념이 쉽게 생길 수 있다. 이 같은 고정관념은 수용자들이 매체 자체를 접촉하기 전에 이미 형성된 것이기에 매체에 대한 인식에 편견이나 집요함이 있을 수 있다. 글로벌경제가 가속화됨에 따라 매체 이미지에 대한 수용자들의 추구 역시 동일화 추세를 보이고 있다. 그렇다면 국제 강세 매체와의 다름 점이 후발 주자로 등장한 매체에 엄청난 압력과 영향을 미칠 수 있다.

이 같은 상황에서 거시적 기표가 초래한 기의는 지시적 의미에서 벗어나 잠깐 사이에 함축적 의미로 향할 수 있다. 그리고 거시적 기표는 장기적이고 안정적이라는 특징을 가지고 있어서 이 같은 함축적 의미를 돌파하고 변화시킨다는 것은 미시적 기표 기호를 돌파하고 변화시키기

보다 훨씬 어렵다. 다른 한편으로 거시적 기표를 활용하여 매체 기호를 위해 새로운 함축적 의미를 구축하여 일부러 부정적인 매체 이미지를 부각시키는 것 역시 기타 매체를 공격하는 주요 수단이다.

2) 미시적 기표와 거시적 기표의 상호 작용

미시적 기표 체계는 일반화 메커니즘을 통하여 매체 이미지를 구축하고, 거시적 기표 체계는 자연화 메커니즘을 통하여 매체 이미지를 구축한다. 그러나 수용자들의 마음속에서는 이 두 가지 구축 방식이 하나로 뒤엉켜있다. 우리는 몸소 접촉한 미시적 기표를 통하여 매체 이미지를 감수하고 구축함과 아울러 기타 경로를 통하여 거시적 기표를 알게 되면서 기존의 매체에 대한 인식을 강화하거나 변경한다. 미시적 기표 체계는 신속하고 공정하고 객관적으로 보도하려는 뉴스의 추구를 반영하면서 거시적 기표 체계 속의 뉴스 이념 기호에 대응한다. 이 두 가지 체계는 매체 이미지에 대한 영향에서 상호작용과 상부상조를 한다.

매체 이미지는 비교적 안정적이기는 하지만 고정불변한 것은 아니므로 매체와 관련된 직접적인 체험을 할 때마다 새로운 인지가 이루어질 수 있다. 시청자들은 리용이 몰고 다니는 스포츠카를 통하여 중국 중앙텔레비전의 유명 사회자들의 소득이 높다는 것을 짐작하게 되고, 나아가 중앙텔레비전의 재력이 막강하다는 것을 짐작하게 된다.

이 기호 체계에서, 최초의 기호 '스포츠카'가 '재력이 막강한 중앙텔레비전'이라는 함축적 의미를 파생하면서 중앙텔레비전이라는 매체 기호의 메타언어를 구축하였다. 사람들은 매체를 접촉할 때마다 새로운 메타언어의 의의와 기존의 매체 이미지를 끊임없이 비교하면서 기존의 인지를 보강하거나 기존의 인지 방향을 교정한다. 메타언어가 유발한 이 같은 매체 이미지에 대한 변화된 판단이 곧 일반화 메커니즘의 생성이다. 매체의 이미지는 매체 기호의 두 가지 의미로 구성된다.

한 가지는 매체의 환경 기호가 자연화 메커니즘 하에서 형성한 함축적 의미로서 여기서는 함축적 의미로 이루어진 기표(connotateurs, 含指項) 의미라고 칭한다. 다른 한 가지는 매체가 구체적으로 조작하는 과정에서 연관된 기호가 일반화 메커니즘 하에서 형성한 함축적 의미로서 여기서는 메타언어 의미라고 칭한다. 이 두 가지 의미 모두 매체의 이미지를 부각시킴으로 매체의 이미지에 아주 중요하다. 대부분의 상황에서 매체기호 중에 메타언어를 구축하는 의미와 함축적 의미로 이루어진 기표를 구축하는 의미는 거의가 일치하는데, 이렇게 되어야 만이 상대적으로 안정적이고 통일적인 매체 이미지를 형성할 수 있기 때문이다. 하지만 두 가지 기호의 의미가 충돌할 때 기존의 매체 이미지는 비교적 큰 도전을 받게 된다. 특히 메타언어 기호 자체가 아주 강한 영향력과 흡인력을 가지고 있을 경우, 매체의 이미지에 엄청난 도전이 생긴다.

메타언어와 매체의 이미지가 부합될 경우에 메타언어의 함축적 의미가 매체 이미지에 대한 수용자들의 인지를 대폭 증강시키게 되며, 메타언어의 함축적 의미에 변화가 생길 경우 수용자들 마음속의 매체의 이미지 역시 따라서 변한다. 특히 이런 메타언어 기호 자체의 영향력이 아주 강할 경우에는 매체 이미지에 대한 타격 역시 더욱 심각해진다.

이로부터 미시적 기표와 거시적 기표는 상호 작용하고 상호 영향을 준다는 것을 알 수 있다.

또한 미시적 기표의 변화는 기존에 가지고 있던 거시적 기표에 대한 수용자들의 인지를 유발시킬 수 있으며, 거시적 기표를 구축함에 있어서 미시적 기표의 구체적인 표현을 떠날 수 없다는 것을 알 수 있다.

3. 국제 커뮤니케이션에서의 중국 매체의 기호 이미지

1) 두 가지 기표 체계의 일탈이 이미지에 미치는 영향

미시적 기표는 수요자들이 매체에 대한 가장 직접적인 인식이고, 거시적 기표는 수용자들의 마음속에 장구하게 존재하는 매체에 대한 판단이다. 거시적 기표가 성립되려면 반드시 미시적 기표에 의존해야 하는바, 미시적 기표의 표현이 없다면 거시적 기표는 공중누각이나 속빈 강정이 될 수 있다. 미시적 기표는 거시적 기표와 결합하고 통일되어야 하며, 그렇지 않으면 혼란한 매체 이미지를 초래할 수 있다.

미시적 기표체계를 부당하게 활용한다면 거시적 기표를 파괴할 수 있다. 가장 흔한 사례는 가짜뉴스이다. 전통적 사회 가치관이 쇠미해지고 정치와 도덕이 형식화되는 상황에서 전통적 사회 가치관과 위배되는 일부 가치관들이 한때 정치와 도덕의 묵인을 받거나 심지어 격려를 받은 데서 개체 지향 중의 소극적인 요소들, 예를 들면 기만하고 허위로 날조하는 등과 같은 수단들과 쉽게 결합되어 많은 사회 성원들이 생존하고 경쟁하는 일종의 방식으로 되었다. 이 역시 전환이 적지 않은 매체와 언론인들이 생존하고 경쟁하는 방식으로 되었다. 예를 들면 비밀취재(함정 취재) 중의 협잡, 가짜 뉴스 범람 등이 그것이다.[105]

---

105) 周俊, 「离散与失范 ─ 我國轉型時期新聞的价值理念變遷与職業道德[J]」, 『國際新聞界』, 2010(4).

우리 매체 중에도 확인되지 않은 가짜 뉴스들이 만연되고 있다. 예를 들면 베이징 텔레비전방송에서 보도한 '종이로 만든 만두' 사건이나 2010년 『중국뉴스주간』 웨이보에 오른 진용(金庸) '사망' 등 뉴스이다. 문제를 회피하지 않는 것은 뉴스 미디어에 사회적 책임감이 있다는 표지이자 국제 수용자들의 신임을 얻을 수 있는 중요한 선결 조건이므로 우리는 반드시 뉴스의 공개성과 투명성, 적시성을 강화해야 한다.[106] 가짜 뉴스는 미시적 기표 체계에 매체에 불리한 부정적 이미지를 발생시켰을 뿐만 아니라, 거시적 기표에서의 객관적이고 공정한 뉴스 이념에 대한 매체의 추구와는 위배되기에 언론인들은 반드시 프로정신에 따라 미시적 기표 체계를 적절하게 활용해야 한다. 뉴스 프로정신은 현대적 사회의 공공이익을 지향하는 가치관을 구현하고 있는데, 그 중에는 정치, 시장, 개인 이익의 균형, 그리고 공공이익에 대한 추구 등을 포함하고 있다.

공공이익을 지향하는 가치관은 인류사회의 정신적 방면에 강력한 설득력과 흡인력을 가지고 있어서 사회의 집단의식을 수호하는 작용을 하고 있으며, 사회의 절대다수의 이익을 구현하는 일종의 집단적 이성의 결정체이다. 개체 자체를 존재 가치의 의거로 하는 지양에 대해서는 사회적 역할의 의미를 강조하고 사회적 책임감을 강조해야 한다.[107]

가짜 뉴스의 제조와 범람은 한편으로 언론인들이 사회적 책임감이 부족하고 직업적 소양이 결여되어, 수용자들의 눈길을 끌고 시장 이익만 추구하면서 사회 공공이익을 고려하지 않은 결과이며, 다른 한편으로

---

106) 피엔타오(畢硏韜), 「中國媒体進軍海外的陷阱」, 『靑年記者』, 2010(1)(上).

107) 周俊, 「离散与失范 ― 我國轉型時期新聞的价值理念變遷与職業道德」, 앞의책.

매체의 공신력에 막대한 손해를 입히는데, 공신력은 매체 기호에 의해 구축된 것이기에 그 손해는 미시적 기표로부터 출발하여 거시적 기표에 영향을 미치다가 나아가 매체 이미지에 영향을 미치게 된다.

지시적 기표 체계 중의 메타언어가 생성한 함의가 거시적 기표가 유발한 함축적 의미와 대응되지 않을 경우 매체 이미지에 엄청난 상해를 초래할 수 있다. 즉 두 가지 기표 체계의 일탈은 극히 부정적인 매체 이미지를 구축할 수 있다. 따라서 매체 이미지를 구축하는 과정에서 미시적 기표 체계는 마땅히 거시적 기표와 일치성을 유지해야 하는데, 어떠한 거시적 기표라면 어떠한 미시적 기표의 표현을 사용해야 만이 장구하고 안정된 매체 이미지를 구축할 수 있고, 수요자들 마음속에 매체의 영향력을 공고히 하는데 이로울 수 있다.

2) 중국의 매체 이미지, 미시적으로 돌파하고 거시적으로 강화해야

미시적 기표 체계는 수요자들이 매체를 인식하는 직접적 채널로서 매체에 대한 인상 대부분이 미시적 기호 체계를 접촉하면서 생긴다. 매체가 제때에 정확하게 수요자들에게 필요한 정보를 전달하느냐, 인기 프로를 개설하거나 유명 사회자를 가지고 수용자들의 주목을 지속적으로 끌 수 있느냐 하는 것은 시장을 확보할 수 있는 직접적 수단일 뿐만 아니라 매체 이미지를 수립하는 최적의 방식이기도 하다. 중국 매체는 끊임없는 개혁을 통해 국제와 날로 접목하면서, 미시적 기표 체계에 대한 응용도 그 작용을 남김없이 발휘시키고 있다.

중앙텔레비전은 중국 최초로 24시간 뉴스 채널을 가동하면서 2009년 베이징, 상하이, 광저우 등 8개 지역에 신속히 대응할 수 있는 취재 보

도기지를 창설했다. 지역마다 소형 위성 전송 장비를 배치하고 24시간 당직 제도를 세워 일단 돌발사건이 닞본하면 4시간 내지 6시간 이내에 현장에 도착함으로써 중앙텔레비전의 돌발 뉴스에 관한 보도의 효율을 개선했다.[108] 프로를 구체적으로 제작할 때에도 주류적인 미시적 기표 체계의 기호를 끊임없이 강화했다. 2009년 7월 27일 뉴스 채널 '아침 뉴스'에서는 최초로 해설위원 시스템을 도입, 사회자 후디에(胡蝶)가 스튜디오에서 제 시간에 양위(楊禹) 특약 해설위원과 화상연결을 하고 대담 형식으로 프로를 진행했다.

7월 30일 '뉴스 연합 방송' 프로는 본방송을 마친 다음 화면 하단에 '본방송국 단평'이라는 문구를 보여주었다. 프로 개편이 추진됨에 따라 주요 뉴스, 긴급 뉴스에 신속한 단평이 따르면서, 후에는 각 시간대의 뉴스 프로에도 보급되었다. 날이 갈수록 통일적인 채널 포장은 뉴스 채널이 국제적으로 접목을 하려는 결심과 노력을 드러내 보여주었다. 그리고 자막에 대한 중시, 화면에 늘어난 정보량은 텔레비전이 더는 화면과 소리에만 의존해서는 이길 수 없으며, 텔레비전이 화판(畵版) 시대에 들어섰음을 표명했다.[109] 2009년, '중국 뉴스'의 개편에서, 큰 사건이 발생했을 때 가능한 한 '첫 방송'을 하고 또한 추적 보도를 하며, 국내의 주요 뉴스는 다른 뉴스보다 늦게 보도하지 않고, 국제 주요 뉴스는 가능한 한 국제 주류 매체와 동시에 보도하며, 뉴스 재방송 주기가 6시간을 넘지

---

108) 周小普, 王冲. 「突破与困窘 ─ 解析2009年中央電視台新聞頻道改版」. 앞의 책.
109) 위의 책.

않는 등의 조치가 들어있었다.[110] 중앙텔레비전은 이와 같은 미시적 기표를 통하여 중국 매체가 현대 커뮤니케이션 기술을 응용함에 있어서의 능숙함을 구현했을 뿐만 아니라 '시효'에 대한 집요한 추구, 뉴스 매체의 본질적 특징에 대한 끊임없는 보강, 뉴스 법칙으로의 회귀, 뉴스의 가치를 강조하고, 신속하고 새롭고 전면적인 뉴스 보도에 대한 추구를 구현했다. 거시적 기표의 각도에서 볼 때, 중국 매체와 서방 매체는 정치 체제, 관리 모드, 이데올로기 등 면에서 차이가 꽤나 크지만 뉴스 프로정신을 추구하는 면에서는 일치한다고 할 수 있다. 중국 뉴스가 뉴스 근원의 진실을 강조한다면 서방의 뉴스는 공정성과 객관성을 추구한다. 그러나 이 두 가지 주장은 근본적으로는 어울리고 일치하다. 중국공산당과 중국정부의 감독과 관리를 받는 중국 매체도 마찬가지로 뉴스의 프로정신과 직업적인 도덕이념을 엄격히 지키고 있을 뿐만 아니라, 지속적으로 개혁을 심화하는 과정에서 점차 뉴스의 본위로 회귀하면서 뉴스 커뮤니케이션의 특징을 존중하고 있다.

계획경제시대의 그런 단순한 '선전 본위관념'으로부터 개혁개방 초기의 '선전 뉴스관념'으로 전환했고, 오늘날에는 '뉴스 선전 관념'이라는 방향으로 나아가고 있다.[111] 뉴스 커뮤니케이션 법칙을 존중하는 것은 과학적 발전관의 필연적 요구이다. 뉴스의 프로 정신은 뉴스매체가 자기 위치를 확보할 수 있는 기본 조건이다. 국제 커뮤니케이션 환경에서 해외 매체와 고도의 일치성을 유지한다면 국내는 물론 해외 수용자들의 깊은

---

110) 王慧玲, 崔林, 「信息就是信息 — 由『中國新聞』改版透視央視新聞變局[J]」, 『現代傳播』, 2009(6).

111) 楊保軍, 「學習胡錦濤視察中國人民大學新聞學院時的講話[J]」, 『國際新聞界』, 2010(10).

관심과 열렬한 사랑을 받을 수 있다. 때문에 중국 매체의 이미지를 개선하려면 거시적 기표 기호에 유리한 홍보를 대대적으로 해야 한다.

중국 국력이 증강함에 따라 국제사회에서의 영향력과 중요성이 날로 커지면서 세계는 중국의 목소리를 필요로 하고 중국은 자기 경해나 태도를 표현할 필요가 생겼다. 그렇기 때문에 중국 매체는 적절한 시기가 되면 국제무대에서 없어서는 안 되는 역량으로 부상해야 한다. 거시적 기표와 매체 이미지는 직접 연관되므로 우리는 거시적 기표로부터 출발하여 중국 매체 이미지를 개선하는 동시에 거시적 기표 기호를 잘 활용해야 한다. 이 양자를 조화롭게 한데 결합해야 만이 견고하고 안정적인 긍정적 매체 이미지를 명실상부하게 구축할 수 있는 것이다.

제6장

APEC 푸른 하늘– 인터넷 언어로부터 두 가지
커뮤니케이션 형태의 상호 작용을 투시

제6장
APEC 푸른 하늘- 인터넷 언어로부터 두 가지 커뮤니케이션 형태의 상호 작용을 투시

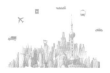

2014년 11월, APEC(아시아 태평양 경제 협력체) 회의가 베이징에서 열리자 주류 매체에는 APEC라는 강세 기호[112]가 자주 올랐지만, 위챗 모멘트에는 오히려 'APEC 말은 하늘'이라는 말이 널리 퍼지었다. 'APEC 푸른 하늘'은 APEC 회의 기간 인위적으로 실현된 베이징의 푸른 하늘을 지칭하는 말이었다. 인터넷에는 APEC를 "대기 오염이 마침내 통제되었다"(Air Pollution Eventually Controlled)로 해석하거나 'APEC 푸른 하늘'을 "잠간 동안 지속되다 이내 사라지는 진실하지 못한 행복"이라 비유하는 등 조롱하고 풍자하는 여러 가지 말들이 떠돌았다. 같은 언어 기호이지만 두 가지 같지 않은 커뮤니케이션 과정에서 완전히 다른 의미가 전달된 것이다. 소셜 미디어를 대표로 하는 그룹 커뮤니케이션

---

112) 강력 기호의 특징과 관련된 내용은 隋岩, 「强符号的國際傳播是文化走出去的有效途徑」, 『当代傳播』, 2012년제5기를 참고.

(internet-mediated groups communication)은 매스 커뮤니케이션(mass communication) 언어 환경에서 구축된 강세 기호의 긍정적 효과를 제거했다. 같은 사회 환경과 문화 환경에서 같은 수용자 그룹에 직면하고 같은 사건과 대상을 겨냥했지만 각이한 매체 수단이 표출한 의미가 완전히 달랐다. 인터넷 언어에는 이와 유사한 사례들이 많고도 많다. 본 문장에서는 언어 기호의 변화를 통하여 두 가지 커뮤니케이션의 상호 작용을 고찰하려 한다.

1. 인터넷 언어, 그룹 커뮤니케이션의 표현 방식으로 부상

소셜 미디어를 대표로 하는 그룹 커뮤니케이션은 포스트모더니즘을 특징으로 하는 인터넷 시대에 나타났다. 그룹 커뮤니케이션은 본질적으로 그룹이 진행하는 비제도화, 탈중심화, 관리 주체가 결여한 커뮤니케이션 행위이지만 커뮤니케이션의 권력 중심을 제거한데서 대중들이 정보를 확산하는데 더욱 자유롭게 참여할 수 있게 되었다. 그룹 커뮤니케이션의 핵심은 전통을 뒤엎고 권위를 무너뜨리는 것으로서, 매스 커뮤니케이션의 기호를 통하여 수정하고 보충하고 해체하거나 심지어 왜곡하고 희화화하여 새로운 기호 의미와 담론 의미를 만든다. 포스트모더니즘이 제창하는 다양성, 해체, 평면성, 게임 등 이론은 인터넷 언어라는 만화경 속에서 한눈에 찾아볼 수 있다.[113]

소쉬르의 기호 구분 방식에 따르면, 기존의 기호 의미를 재구성하는

---

113) 吉益民, 『网絡變异語言現象的認知研究』, 南京, 南京師范大學出版社, 2012, 261쪽.

데는 기표를 교체(대체)하거나 기의를 새로 만드는 등 방법이 포함된다. 인터넷에서 사람들의 주목을 받는 언어 현상 대부분이 기호를 재구성하는 이 두 가지 방법을 위주로 사용하고 있다. 우리나라(중국어)에서는 발음이 비슷한 말(형성자)을 가지고 그 말을 교체하는 방법을 흔히 사용하고 있다.

다른 한 가지는 기의의 변화를 대표로 하는 언어 변이로서, 흔히 권위나 정통을 뒤엎는 새로운 해학적인 의미를 가지고 그룹 커뮤니케이션을 통하여 탈중심화와 탈 권위화의 본질을 드러낸다. 기존의 어휘 사용 언어 환경을 확대하거나 기존의 함의를 철저히 교체함으로써 수많은 변체 언어들을 끌어내는 등 현상이 그 사례이다. 인터넷에 떠도는 수많은 유행어들이 기존의 기표와 기의 유일의 관계를 와해하는 바람에 기호에 전복적인 강렬한 충격을 초래했다.

2. 매스 커뮤니케이션의 '동형' 대한 그룹 커뮤니케이션의 도전[114]

매스 커뮤니케이션은 산업 혁명 후의 현대적 사회에서 구축되었는데, 그 본질은 질서와 권위 구축이며, 전문화와 독점화된 매체 조직을 커뮤니케이션 주체로 하여 요소가 복잡하고 광범위한 수용자들을 대상으로 한 게이트키퍼 역할을 한다. 매스 커뮤니케이션은 함축적 의미와 메타 언어가 생성한 일치한 여론을 활용하여 기표와 기의의 교착을 실현하고

---

114) 동형 관련 해석은 隋岩, 張麗萍, 「對同构的溯源与闡釋」, 『現代傳播』, 2011년 제7기를 참고.

사회적 '일치성'과와 이념의 '규범성' 실현한다.[115] 매스 커뮤니케이션은 일상 언어기호를 주체로 하는데, 이 같은 기호는 사회적 문화 규약과 속박을 내포하고 있어서 어느 정도 일종의 정형화된 이념이나 집단의 무의식으로 되어 사람을 특정 언어 기호가 부각한 호모 로퀜스로 만듦으로써, 푸코가 언급한 "내가 말하는 것이 아니라 말이 나를 말하는" 형국을 만든다.[116] 언어에서는 기표와 기의를 고정하는 유일의 관계인 동형 현상으로 표현된다. "기표를 기의의 직접적 양상이라고 인정할 경우, 주관적인 세계와 객관적인 세계는 언어의 직접적 표현을 통하여 양자의 관계가 형식화 되고 고정화 될 수 있었다."[117] 하지만 그룹 커뮤니케이션 필드의 등장은 매스 커뮤니케이션이 발언권을 통솔하던 국면에 변화가 생기게 했다. 사람들은 더는 전통적인 언어 표현방식에 만족하지 않고 "은유, 환유, 차유와 각종 상징적 방식을 사용하기 시작했다. 이 역시 포스트모더니즘 자들이 각종 기호, 신호와 상징을 아주 중시하고 끊임없이 만들어내어 '표현할 수 없는' 목적을 완성한 이유이다."[118] 따라서 그룹 커뮤니케이션은 매스 커뮤니케이션의 동형에 도전장을 내놓았다.

'APEC 푸른 하늘'이라는 기호가 나타난 것이 바로 그룹 커뮤니케이션이 매스 커뮤니케이션의 동형의 힘에 도전한 아주 좋은 사례이다. 그 동형 요소는 다음과 같은 세 가지 측면의 내용을 포함하고 있었다. 첫째, 언어 기호의 규칙 측면에서, 두 기표 부분인 'APEC'와 '푸른 하늘'에는 변

115) 金苗, 「媒介霸權論 : 理論溯源,權力构成与現實向度」, 『当代傳播』, 2010년 제5기.

116) 吉益民, 「网絡變异語言現象的認知研究」, 앞의 책, 13쪽.

117) 위의 책, 261쪽.

118) 高宣揚, 『后現代論』, 北京, 中國人民大學出版社, 2005, 3-4쪽.

화가 생기지 않았는데도 한데 연결해 놓으니 새로운 기묘한 의미가 생성되었다. 언어의 횡축 결합에서[119] 이 두 단어는 결합할 수 있는 관계를 전혀 갖추고 있지 않았기 때문이다. 우리는 'APEC 회의'라고 말하거나 APEC에 대해 논평할 수도 있었다. 하지만 '푸른 하늘'을 첨가하면서 상규적인 기호소(符號素) 배열 규칙이 타파되었다. 둘째, 이 같은 형식의 돌파는 오늘날 자연환경의 변화에 부합되었다. 최근 몇 해 사이 베이징은 스모그 날씨가 지속되었고, 회의 기간에도 날씨가 좋지 않을 수 있었다. 하지만 결국 인위적인 요소가 크게 작용한데서 회의 기간 푸른 하늘에 맑은 공기가 형성될 수 있었다. 따라서 평소에 지속되던 스모그 날씨와 회의 기간의 이상적인 날씨는 강한 대조를 이루게 되었다.

셋째, 매스 커뮤니케이션에서의 의미 결여이다. 주류 매체는 APEC가 가져다준 경제 혜택과 정부가 회의 개최에 들인 노력만 집중적으로 보도하면서 대중들의 절실한 이익과 관련되는 내용은 보도하지 않았다. 이는 그룹 커뮤니케이션이 때마침 이 공백을 메울 수 있는 여론 공간을 만들어주면서 APEC 주류 이미지와는 선명하게 대비되는 해학·조롱·불만 등 정서를 담은 새로운 기의가 생겨났다. 이 같은 언어 기호는 처음부터 매스 미디어에 등장할 수 없었다. 때문에 그룹 커뮤니케이션에서 기호의 변이가 가능했던 것이다.

"모더니즘은 엘리트 문화와 주류 문화를 추앙하면서 비주류 문화를 폄하하고 억제한다면, 포스트모더니즘은 기존의 절대적 이념, 위계질서,

---

119) 王銘玉 等,『現代語言符号學』, 北京, 商務印書館, 2013, 30쪽.

담론체계를 거부했다.""[120] 그룹 커뮤니케이션의 등장은 기호의 의미를 재구성할 수 있는 가능성을 열어놓았는데, 기호에 대한 파괴나 재조(再造)든, 기의에 대한 재해석이든, 모두 떠벌리는 인터넷 언어의 개성, 사고의 다양화, 전통에 대한 거부, 고유의 패턴을 용감하게 타파하는 포스트모더니즘의 특징을 구현했으며[121], 게임의 방식을 이용하여 언어의 카니발화를 즐기고 있다. 커뮤니케이션 형태의 발전 각도에서 볼 때, 지나간 우리의 시대에서는 언어를 일상생활의 일부분으로 간주하고 규칙으로 규제하면서 커뮤니케이션 별로 특정한 규칙을 가지고 담론의 형식을 결정하고, 단어의 의미 및 커뮤니케이션에서의 사용 방식을 결정했다.[122] 그룹 커뮤니케이션에서의 언어는 끊임없이 이리저리 떠다니게 된다.

자크 데리다의 구조주의 관점으로 보면, 의미는 '상호 텍스트성'이라는 방식을 통하여 끊임없이 '연이(延异)'[123] 하면서 무한히 연장하는 한 갈래 기표 사슬을 형성함으로써 의미를 무한한 지연 상태에 처하게 한다.[124] '부유'하는 기표와 '변화'(滑動)하는 기의는 인터넷을 통한 소통에 언어 카니발화에 의한 게임화(Gamification) 색채를 부여했다.[125] 그룹 커뮤니케이션은 매스 커뮤니케이션에서 결여한 의미를 재편성하여 커뮤니케

---

120) 吉益民, 「網絡變异語言現象的認知研究」, 앞의 책, 257-258쪽.

121) 劉艶茹, 「網絡語言意義建构的哲學思考」, 『學術交流』, 2011년 제3기.

122) (미) S,W,Littlejohn(斯蒂文 小約翰), 『傳播理論』, 陳德民,叶曉輝 譯, 北京, 中國社會科學出版社, 1999, 174쪽.

123) 연이(延异) : 해구주의(解构主義)의 이론체계 중 더리다쯔(德里達自)가 창안한 술어로, 뜻은 '늦춰진 종적'이라는 의미인데, '끊임없이 풀린다'는 것을 대표한다. 이 단어는 후기 현대주의의 평면화, 파편화적 이론 경향을 전형적으로 체현해 낸 말이다.

124) 吉益民, 「網絡變异語言現象的認知研究」, 앞의 책,260쪽.

125) 위의 책, 254쪽.

이션이 가지고 있던 기성의 권력 중심을 제거하고 동형을 타파함으로써 의미의 카니발화를 실현했다.

3. 기의의 카니발화 배후에 잠재해있는 위험

그룹 커뮤니케이션은 미하르 바흐친이 밝힌 포스트모더니즘의 '카니발화' 특징, 즉 '사람마다 평등하다'는 신조에 따라 카타르시스 적으로 주류 문화에 반항하고, 전통적 질서를 타파하거나 뒤엎으며, 전 국민이 참여하는 집단적 카니발화 등 양상을 띤다. 그룹 커뮤니케이션은 매스 커뮤니케이션이 비교할 수 없는 많은 우월성을 가지고 있으며, 전통적 권위를 뒤엎는 방식에 의해 뉴미디어의 카니발화를 초래했다. 하지만 이 같은 카니발화의 배후에는 엄청난 위험이 잠재해있어서 새로운 문제가 뒤따라 생기고 있다.

과다한 정보량과 파편화된 정보 문제가 특히 불거지고 있다. 빅 데이터 시대, 정보 지수의 급증은 주의력 분산을 야기함과 아울러 필요 없거나 효과가 없는 대량의 정보가 사람들의 정력과 시간을 점하도록 하고 있다. 전문적인 매스 커뮤니케이션도 없고 체계적인 정보 제작과 발표 양식도 없이 흥취라는 연결체와 인맥 관계에 의해 구축된 그룹 간의 상호 작용이기에 정보가 난잡하고 파편적인 특징을 드러내고 있다. 수용자들의 주의력이 짧아지는가 하면 전복적인 언어는 수용자들의 주목을 더욱 쉽게 끌고 있다. 말과 행동으로 대중에 영합하여 호감을 사는 파편화된 정보에 대한 추구는 사람들로 하여금 체계적이고 논리적인 사고력이 결여되게 하면서 독립적인 사고력과 비판 능력을 떨어뜨리고 있다.

그룹 커뮤니케이션 가운데의 정보는 바이러스와 같은 커뮤니케이션 특징을 드러내고 있는데, 신축한 기호 의미에는 잠시적인 잠재 언어 정보를 대량 포함하고 있고 단기 내의 집중적 폭발력이 강하여 시간이 흐르고 상황이 변하면 이런 잠시 접목된 의미는 지속력이 아주 약해 쉽게 이탈한다. 따라서 그룹 커뮤니케이션에서의 의미를 끊임없이 '연이(延異)'할 필요가 있다. 이 역시 무엇 때문에 인터넷 언어가 끊임없이 등장하지만 새로운 의미를 끊임없이 주입해야 만이 기호의 생명력을 연장할 수 있느냐를 알 수 있는 대목이다. 끊임없이 연접하고 패러디하면서 기호의 의미가 야기한 카니발화의 공통 참여를 가지고 기호의 '양상' 가치를 '연이'하지만, 이 같은 전달은 흔히 시간의 시련을 이겨내지 못하고 열기가 식어감에 따라 새로운 이슈가 또 '제조'되어 나온다.

소셜 미디어는 감정적 특징이 아주 뚜렷하기에 그룹 커뮤니케이션은 사용자들이 의미를 이해함에 있어서 이성으로부터 감성으로, 감성으로부터 감정적으로 기울어지거나, 심지어 감정을 발산하는 분화구가 되게 할 수 있다. 감정은 또한 극히 강한 감화력이 있어서 홀가분함, 조롱, 유머, 오락, 해학, 풍자, 아이러니 등 방식을 가지고 매스 커뮤니케이션의 정통적, 긍정적, 주류적, 권위적, 강세적인 기호 기의를 구축한다. 인터넷 용어들은 대부분 주류 매체의 기호 의미를 전복하여 사용하고 있는데, 이는 수용자들의 감정을 발산시키고 감정을 교류하게 하는 필요성 때문이다. 해학과 풍자가 널리 만연되면 도리어 한 가지 유행이 되면서 인터넷 정보의 심각한 오락화를 초래하게 된다.

그룹 커뮤니케이션의 창의력이 매스 커뮤니케이션의 신호 동형을 와해시키기는 하지만, 새로운 의미가 여전히 기존의 관계를 파괴하는 기초 위에 구축되기에 낡은 동형의 영향은 여전히 존재하게 된다. 시각을 바꾸어 본다면 기존 동형의 힘이 강력하기에 이 같은 파괴로 인한 센세

이선 효과와 전복 효과가 아주 강하게 보이는 것이다. 이밖에 기표의 변화든 기의의 교체든 혹은 양자 모두가 가지고 있는 행위이든 기호 변이 과정에서 기존 동형의 의미에서 끊임없이 이탈하면서 새로운 의미작용을 발생시킨다. 사람들은 이 같은 전복적(顚覆的)인 의미의 카니발화에 물젖어 있다가 상당히 긴 시간이 지나면 또 새로운 동형을 형성하게 되는 것이다.

4. 주류 매체에 복귀한 인터넷 언어의 상호작용 추진

앞에서 언급한 인터넷 언어의 두 가지 변이방식에서, 한 가지는 기표를 변화시켜 눈길을 끄는 방식으로서, 이 같은 방식은 언어의 규범적 사용에 비교적 큰 파괴성이 있으므로 인해 대부분의 규범 용어를 사용하는 장소에서는 거부하게 된다. 다른 한 가지는 매스 커뮤니케이션 필드에서의 의미 결여로 인해 새로운 의미를 진일보 구축하는 방식으로서, 이 방식이 매스 커뮤니케이션 중에 이 같은 유형에 대한 의미적 포착을 유발하기는 하지만, 흔히 파편화된 오락화 언어의 카니발화에 머물러 있게 된다. 이 같은 방식 역시 본 문장에서 중점적으로 고찰하게 되는 대상이다. 'APEC 푸른 하늘'이라는 말은 네티즌들의 해학적인 언어에만 머무르는 것이 아니라 매스 커뮤니케이션에 의해 신속하게 커뮤니케이션화 되었다. 특히 시진핑(習近平)이 APEC 정상 비공식 환영 연회에서 "누군가 베이징의 푸른 하늘은 'APEC 푸른 하늘'이어서 행복하지만, 일시적이어서 얼마 지나지 않으면 사라진다고 말했다. 우리가 끊임없이 노력한다면 'APEC 푸른 하늘'을 유지할 수 있다고 나는 희망하고 확신한다"고 한 일단의 말은 문제를 회피하지 않고 대담하게 똑바로 바라보며 책임감과 자신감이 있는 대국 지도자로서의 이미지를 보여주었다. 이렇게 되어 'APEC 푸른 하늘'이라는 말은 인터넷의 해학적인 용어에서 매스 커뮤니케이션 체계에 들어오면서 기호의 기표 표현을 보존함과 동시에 의미를 재구성함으로써 'APEC 푸른 하늘'의 커뮤니케이션 역효과를 신속히 돌려세웠다. 『인민일보』를 비롯한 여러 매스컴이 "'APEC 푸른 하늘'을 영원히 머물게 하자"와 같은 후속 기사들을 지속적으로 보도하면서, "어떻게 하면 일시적이고 소중한 'APEC 푸른 하늘'을 일상적인 풍경으로 되게 할 것인가?", "어떻게 하면 APEC 기간에 스모그를 효과적으로 제거하는 방법을 장기적이며 합리적으로 실행케 할 것인가?" 등의 화제를 가지고 대중들에게 이성적이고 깊이 있는 사고를 하도록 인도하였다.

주류 매체로 재복귀한 인터넷 언어는 이전의 매체 목소리에 결여되었던 부분을 수정했을 뿐만 아니라, 매스 커뮤니케이션 언어에 기호의 의미를 재구성하여 새로운 커뮤니케이션 효과를 발생시켰으며, 공지하고 이해하고 회피하지 않는 자신감 있는 태도로 문제를 대하면서 문제를 해결하려는 결심과 능력을 드러내게 했을 뿐만 아니라 인터넷에서의 해학을 매스미디어에 이전시켜 긍정적 이미지를 재수립토록 하였다.

'APEC 푸른 하늘'은 더는 일시적인 행복을 지시하는 의미가 아니라, 정부가 스모그를 다스리려는 결심과 아름다운 미래에 대한 국민들의 기대를 표현해 줌으로써, 의미를 분명히 하고 또한 안정시키는 매스 커뮤니케이션의 능력이 의연히 아주 강대하다는 것을 보여주었다.

언어는 시종 동적인 발전 과정에 놓여있다. 예를 들면, 'APEC 푸른 하늘'과 같은 언어에 변화가 발생하게 된 것은 담론의 장에 변화가 생겼기 때문이다. 즉 커뮤니케이션의 다른 점이 이 같은 변화의 방향을 결정하였던 것이다. 표징으로서의 언어기호가 커뮤니케이션 형태의 차이를 반영한다면, 커뮤니케이션 형태의 변화 역시 언어의 변화를 초래토록 한다. 매스 커뮤니케이션 시대의 기호의 의미는 확정적이고 지향성이 명확하며 상대적인 안정성을 가지고 있어서 매체의 담론이 강력한 지위를 가지고 있음은 의심할 바 없는 사실이다.

　매스 커뮤니케이션 시대의 소셜 미디어에서 의미의 안정성을 타파하고, 매스 커뮤니케이션에서의 언어 공백을 찾아내어 반칙과 광증을 통해 광신자들을 흡인하고 잡아두려 한다면, 흔히 무질서한 언어폭력을 유발할 수가 있다. 매스 커뮤니케이션과 그룹 커뮤니케이션이라는 이 두 담론의 장에서 의미의 구축방식이 달라 경쟁관계라 하더라도 상호 보완하는 관계이므로 그룹 커뮤니케이션과 매스 커뮤니케이션의 균형점을 찾고 파악하는 것이 중요하다.

　'APEC 푸른 하늘'에서, 두 차례의 기호 변이를 찾아볼 수가 있다. 처음에는 매스 커뮤니케이션의 긍정적 이미지가 해체와 전복을 특징으로 하는 그룹 커뮤니케이션에 들어와 네티즌들의 풍자와 야유 속에서 부정적으로 변화한 것이다. 'APEC 푸른 하늘'이 매스 커뮤니케이션에 재복귀하자 두 번째 변이가 발생했는데, 존재하는 문제를 정시하는 태도에 자신이 있고 대담한 방식으로 대하게 되면서 불리한 이미지를 돌려세워 놓았던 것이다. 이 기호의 변화에서, 그룹 커뮤니케이션이 매스 커뮤니케이션에서 결여된 의미를 포착했다면, 반대로 매스 커뮤니케이션은 일시적이고 쉽게 사라지는 네티즌들의 울분을 토로하는 데만 머무는 것이 아니라, 이 새로운 의미를 훌륭하게 접속하여 문제를 진일보적으로 해결하는데 권위적인 반응을 보여줌으로써, 두 가지 커뮤니케이션 형태가 유익한 것을 상호 보완하는 특징을 비교적 이상적으로 실현했다고 할 수 있는 것이다. 그룹 커뮤니케이션이 '구절'(句節, 段子)의 형식으로 네티즌들의 정서를 토로한다면, 매스 커뮤니케이션은 변이된 후의 새로운 단어들을 다시 수습하고, 또한 새로운 의미를 주해(註解)하여 보다 이성적이고 깊은 사색을 불러일으키게 할 것이다. 이 역시 매스 커뮤니케이션의 주류 여론을 인도하는 역할에 부합된다. 매스 커뮤니케이션의 담론의 장은 대체가 불가능하다. 이 담론의 장에 재차 들어온 언어기호는 새로 탄생한 생명력과 지구적인 생명력을 가지고 있다. 모든 언어가 매스 커뮤니케이션에 들어오는 것이 아니라 대중들의 본질적인 권위를 수호할 수 있는 인터넷 언어만이 들어올 수 있다. 일단 주류 매체에 들어오기만 하면 언어의 생명력은 더욱 완강해진다. 기호는 매스 커뮤니케이션과 그룹 커뮤니케이션 두 가지 커뮤니케이션의 형태 속을 빈번하게 왕래하면서 의미에 변화가 생겼지만, 커뮤니케이션의 본질은 오히려 더 견고해졌으며 기호의 두 차례 변이는 각자의 커뮤니케이션 형태의 안정성과 자체적인 특징을 강화시켰다. 뿐만 아니라 그룹 커뮤니케이션에서 생성된 기호지만 매스 커뮤니케이션의 언어 환경 속에서 기호의 유통 양식을 변화시키지는 않았다.

나아가 기호의 변이로부터 커뮤니케이션 형태의 차이를 관찰할 수도 있다. 'APEC 푸른 하늘'이 매스 커뮤니케이션의 언어환경에 다시 들어왔을 때, 한편으로는 이전에 결여되었던 의미를 수정함과 동시에 문제를 해결할 수 있는 권위적인 반응을 제공함으로써 무질서한 의미 논쟁에서 벗어나게 했다.

그룹 커뮤니케이션과 매스 커뮤니케이션 속을 왕래하는 언어기호는 의미의 구축방식을 변화시킨 동시에 두 가지 커뮤니케이션 형태를 촉성했으며, 나아가 두 가지 커뮤니케이션 형태가 의거로 삼는 매체방식인 뉴미디어와 매스미디어의 유익한 상호작용을 촉성했던 것이다.

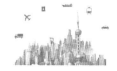

제7장

강세 기호가 중국을
커뮤니케이션하다

제7장
강세 기호가 중국을
커뮤니케이션하다

　우리는 물질세계에 살고 있어서 기호를 통해 이 세상을 인식하고 묘사할 수밖에 없다. 하지만 기호가 끊임없이 배출되고 소멸되는 현대사회에서 기호의 가치가 수량에 있는 것이 아니라 감정을 나타내는 명료성, 부각성(突出性), 대표성, 교묘성, 지혜성에 있거나, 강조되고 변화되는데 있으며, 심지어 전복(顚覆)된 커뮤니케이션 과정에서 있을 수 있다. 이 과정에 있어야 만이 강세 기호가 발생하고 또한 작용을 발휘할 수 있다.

　강세 기호는 매체, 조직, 집단을 포함한 사회공동체의 가치 공감, 주류 의식, 사회관계의 주관적 추진 등 요소의 공통 결정체이다. 강세 기호는 기호 체계에서 독립적으로 두각을 나타내는 것이 아니라, 사회적 심리에 부합되는 대량의 일반 기호부터 뚫고나와 두각을 나타낸다. 기호화한 현대사회에서 강세 기호는 국제 커뮤니케이션을 하는 효과적인 수단이다.

1. 강세 기호의 특성

1) 당대 주류 이데올로기를 표현하면서도 강하지 않은 이데올로기

  류후란(劉胡蘭)은 전쟁 시대에 국가와 민족을 위해 "위대하게 살다 영광스럽게 죽었다"는 정신을 부각시켰기에 강세 기호라 할 수 있다. 철인 왕진시(王進喜)는 물질이 부족한 시대에 "먼저 생산하고 후에 생활한다"는 자력갱생을 하고 불굴의 의지로써 분투하는 정신을 대표하기에 강세 기호라 할 수 있다. 레이펑(雷鋒)은 상품이 부족한 시대에 양말을 "새것으로 3년을 신고, 낡은 것으로 3년을 신고, 또 깁고 기워서 3년을 신는다"는 근검절약하는 정신을 강조했기에 강세 기호라 할 수 있다.

  이런 강세 기호들은 한때 우리의 시대와 생활을 리드하고 변화시키기는 했지만, 오늘날 국제 커뮤니케이션이라는 언어 환경에서 사회의 가치 공감, 주류 의식을 구현하면서도 시대적 정신, 혁신적 발전 이념이 부족하지 않은 위엔룽핑(袁隆平), 종난산(鐘南山), 저탄소 생활과 같은 기호들처럼 극히 강한 분별력과 커뮤니케이션 효과를 가지고 있지는 못하고 있다. 즉 오늘날의 주류는 곧 시대적 감각이다. 국제 커뮤니케이션으로 말하면, 시대적 감각은 아주 강한 커뮤니케이션 효과와 리드 작용을 가지고 있다. 예전에 우리가 외국어를 배우느라고 갖춘 첫 번째가 라디오였고, 홍콩이나 타이완의 노래를 듣느라 갖춘 휴대용 카세트였으며, 가정의 텔레비전, 냉장고… 등이었는데, 이것들은 자신도 모르게 '일본제'나 '독일제'와 같은 고품질을 대표하는 강세 기호가 커뮤니케이션되어 집집마다 알려졌을 뿐만 아니라, 이들 국가와 민족에 대한 우리의 인식을 어느 정도 바꾸어놓았다. 만약 '중국제'가 고품질의 대명사가 되고,

'저탄소'가 중국의 생활방식을 상징하는 기호가 된다면, 시대적 정신을 내포하고 있는 기호의 현실적 의의는 '용', '쿵푸', '만리장성'과 같은 강력한 전통적·역사적 기호를 훨씬 능가할 것이다. 같은 강세 기호이고 같은 의미(기의)를 대표하지만 '중국제'라는 기호 형식(기표), 저탄소 생활이라는 기호 형식(기표)은 분명 4대 발명보다 시대적 감화력과 영향력이 더욱 풍부할 것이다. 즉 국제 커뮤니케이션에서 중국을 나타내는 기호가 단지 만리장성, 공자, 비단, 도자기, 경극 등이거나 전통적인 문화면에서만 머물러서는 안 된다. 우리도 '차이나 스피드'와 같은 기호를 창조할 필요가 있다. 이런 기호는 류샹(劉翔)이 달리기 세계 기록을 세운 사실을 정확히 묘사할 수 있을 뿐만 아니라, 급성장하는 중국의 경제와 하루가 다르게 발전하는 중국사회 및 그 전경을 나타내면서 경제와 스포츠 등 사회문명의 조화로운 발전상을 드러내 보이게 할 수 있기 때문이다. 물론 시대적 감각은 결코 강세 기호의 유일의 특징은 아니다. 일부 기호는 시대적 감각이 아주 강하다 하더라도 당대 중국의 주류적인 가치관을 적극 커뮤니케이션할 수는 없다. 예를 들면 푸룽제제(芙蓉姐姐), 샤오웨웨(小月月), 스리꺼(犀利哥), 펑제(鳳姐) 등은 시대적 감각이 아주 강한 기호이지만 한때 떠들썩하다가 끝없이 넓은 기호의 우주 속에 파묻혀서 짧은 기호 생명을 마친 경우이다. 때문에 이른바 시대적 감각은 주류적 가치관에 부합되어야 할 뿐만 아니라 시대적 발전방향에도 부합되어야 한다.

주류라고 하여 결코 정치화나 이데올로기화를 가리키는 것은 아니다. '차이나 스피드'는 주류이지만 결코 이데올로기가 강하지 않으며, 위엔룽핑, 종난산, 저탄소 생활 또한 주류이기는 하지만 정치화가 된 것은 아니다. 그러나 이 같은 기호들은 정치적 기호들보다 인지도가 더욱 높은데, 약세 이데올로기라고 하여 이념이나 정신이 없는 것이 아니라 오히려 커뮤니케이션 효과는 더욱 강하다고 할 수 있다. 오늘날의 주류를 표현하는 기호와 약세한 이데올로기는 변증의 관계이지 결코 대립의 관계는 아닌 것이다.

2) 커뮤니케이션의 지구성

시대적 감각을 강조하는 것과 커뮤니케이션의 지구성을 강조하는 것은 모순되지 않는다. 기호는 변천과정에서 소멸하고 재생하는 순환이 존재하지만 기호의 생명력은 결국 실생활과의 관계에 달려 있다. 코카콜라의 100년사에서 그 기호는 제품의 지속적인 성장을 추진하면서 줄곧 중요한 역할을 했다. 물질 자체로서의 제품은 기타 탄산음료와는 하늘과 땅 차이가 되기는 불가능하다. 하지만 코카콜라라는 기호의 가치는 날로 커지고 있다.

사회의 급속한 변천은 기호의 배출 빈도와 소멸 빈도를 가속화했다. 하지만 기호에 깊이 내포되어 있는 의미(기의)와 매력이 넘치는 형식(기표)은 커뮤니케이션의 시간이나 범위를 충분히 연장시킬 수 있다.

중국의 수많은 전통가게(老字号, China Time-honored Brand)의 제품은 브랜드 기호에 문화적 의미가 부족한 것은 아니지만, 제품과 유익한 양성적인 상호작용을 형성하지 못하고, 오랫동안 국가를 대표하여 민족의 정보를 커뮤니케이션하지 못했기에 글로벌적인 커뮤니케이션 효과를 유지하는 기호가 많지 않은 것이다. 이는 우리가 반성해야 할 일이다.

예를 들면, 퉁런탕(同仁堂)와 취엔지더(全聚德) 이 두 강세 기호는 지점을 베이징 슈수이 시장(秀水市場)에 두었는데 슈수이시장 역시 강세 기호라서 그 기의는 일찍이 세계에 알려졌다. 퉁런탕, 취엔지더, 슈수이 시장 이 세 개의 강세 기호가 한데 모여 여러 개의 함축적 의미로 이루어진 기표(含指項)를 형성[126]하면서, 의미의 이식이 발생하는 것을 피하기 어렵게 되었다. 하지만 슈수이시장의 기의가 퉁런탕, 취엔지더의 기의에 흘러 들어갔을 뿐이다.

3) 기표형식의 독특성

독특성이 기호의 형식(기표)이라 한다면, 차별화된 시각적 충격과 미적인 시각적 충격, 청각적 흡인력이 있어야 한다. 차이가 의미를 발생하는 것은 기호학의 기본원칙의 하나이다. 예를 들면, 개체와 그룹 간 매개로서의 의상을 걸치고 있는 것은 분명히 기호이다. 그 차이는 품위 있는 의상이 되어 사람들을 도와 개성·유행·심미·존엄·지위 등 사회적 의미를 쟁취할 수 있게 한다는 것이다.

기호의 차이성, 독특성을 쉽게 말하면 바로 개성이다. 미키마우스, 도날드 덕, 백설 공주, 인어공주, 신데렐라, 그리고 애니메이션 '톰과 제리' 등의 기호는 개성으로 인해 우리의 기억에서 쉽게 잊어지지 않는 것이다. 애니메이션 '톰과 제리' 중의 제리는 다국적, 다문화를 커뮤니케이션하는 기호가 부상하여 주체성 구축 이론에서 밝힌 이론을 양성할 수 있는 강력한 기능을 가지고 있다. 우리가 텔레비전 앞에 앉아 애니메이션 미키마우스, 도날드 덕, '톰과 제리', 인어공주, 신데렐라를 보면서 웃고

---

126))隋岩, 「論含指項中的意義移植[J]」, 『國際新聞界』, 2008(7).

있을 때, 공감대가 형성되고 주체성 구축이 조용히 발생하는 것이다.

음식의 각도에서 보면, 맥도날드나 켄터키 프라이드치킨은 공업화, 표준화, 비개성적인 식품으로서 맛있는 음식은 절 대 아니다. 하지만 기호의 각도에서 본다면, 개성이 깊이 내포되어 있고, 또한 마케팅을 대대적으로 추진했을 뿐만 아니라 문화까지 커뮤니케이션했다.

4) 높은 사회적 이용률

강세 기호는 틀림없이 사회적 이용률이 높은 기호라서 매체에 등장하는 빈도가 높아야 할 뿐만 아니라 사람과 사람 사이의 커뮤니케이션에서의 활용도도 높아야 한다.

우선 강세 기호는 반드시 텔레비전, 신문, 잡지, 인터넷 등 매스컴이나 주류 매체가 서로 다투어 커뮤니케이션하는 기호라서 수용자 도달률이 높다. 이는 매체의 커뮤니케이션 특징과 밀접히 연관되어 있다. 따라서 강세 기호를 구축하려면 매체의 특성에 맞아야 하며, 기호 사용자는 매체 특성을 파악하고 응용할 때 과학성에 신경을 써야 한다. 인터넷이 만들어내는 기호가 잘 유행되고 범람할 수 있는 것은, 인터넷이 매스 커뮤니케이션이 아니라 그룹 커뮤니케이션으로서 사람과 사람 사이의 커뮤니케이션이라는 본질과 밀접히 연관되어 있어야 한다. 즉 인터넷이 만들어내는 기호는 인터넷 그룹 커뮤니케이션의 특성을 활용하는 것이라는 말이다.

다음으로 강세 기호는 반드시 사람과 사람 사이의 커뮤니케이션이자 소문을 통해 광범위하게 커뮤니케이션을 하게 된다. 이는 수용자들이 받아들이는 특징과도 관련이 있다. 예를 들면, 어린이들을 대상으로 하는 텔레비전 프로 '꼬꼬마 텔레토비'의 완만한 흐름은 수용자 연령에 대한 기호 수용 특징과 떼어놓을 수 없다. 지하철 광고도 이와 마찬가지이다. 광고 내용은 지하철 발차 시간의 간격과 특정 수용자(지하철 승객)의 광고에 대한 수용 특징과 어느 정도 관련이 된다. 즉 광고의 커뮤니케이션 빈도와 특정 수용자의 특징이 단위 시간 내 커뮤니케이션의 누적 효과를 결정하게 된다는 것이다.

5) 의미의 유일성, 불변성

서방의 고전 기호학자들은 기호 기의 다의성[127] 만 주목하면서 일부 기호 기의의 유일성은 등한시했다. 하지만 강세 기호의 본질이 바로 하나의 의미를 가진 기의 즉 동형이다. 다시 말하면, 강세 기호의 기의는 언어 환경의 변화에 따라 변화하여 여러 개의 의미(다의성)를 가지는 것이 아니므로, 기의의 의미의 유일성, 불변성은 강세 기호의 기본 특징이자 그 본질이다. 예를 들면, 웨딩드레스는 어느 때든지 기의는 신부라는 오직 하나의 의미만 가진다. "임금과 신하는 아버지와 자식과 같다"라는 말이 강세 기호의 의미 하나만 가진 기의로 될 때, 임금과 신하는 형제나 친구 혹은 기타 관계가 될 수 없다.

기의가 가지고 있는 의미가 쉽게 변하지 않고 남의 명령을 따르지 않는 것이 강세 기호의 영원한 원칙이다. 이때 강세 기호는 더는 구체적인 지시대상을 위해 봉사하지 않고 특정 역사와 사회적 언어 환경에서의

---

127))隋岩, 「符号傳播的詭計[C]」, 『電視學』第2輯, 中國傳媒大學, 2008.

함축적 의미에 고정되어 은유의 가장 충실한 운반체 즉 슈퍼 은유가 된다. 강세 기호는 생동적이고 직접적인 기호형식, 장시간 고빈도의 누적된 커뮤니케이션, 그리고 그룹의 가치 공감을 가지고 본래 여러 가지 의미를 가지고 있던 함축적 의미의 기의를 응결하여 최종 단일한 의미를 가진 기의로 응고한 다음, 특정된 유일의 파생적 의미를 커뮤니케이션함으로써 극히 짧은 시간에 가장 광범위하게 자체 순환을 이룩한다.

예를 들면, 웨딩드레스를 보면 신부를 떠올리고 신부를 보면 웨딩드레스를 떠올리는 것과 같다. 때문에 '중국제'라는 이 기호가 영구적으로 고품질을 상징하게 하려면, 고품질을 '중국제' 유일의 기의로 만들어야 하는데, '중국제'를 보면 품질이 뛰어난 제품을 떠올리고, 고품질의 제품을 보면 '중국제'를 떠올릴 때, 경제의 비약을 이룩하려는 꿈이 현실로 되고 커뮤니케이션도 그 효과를 거둔 것이라고 할 수 있다.

2 중국을 대표하는 기호를 구축하고 중국의 강세 기호를 커뮤니 케이션할 수 있는 수단

1) 중대사나 관심사(이슈)에서 설득력 있는 강세 기호를 추출할 수 있다.

중대사나 관심사는 강세 기호를 잉태시키는 가장 훌륭한 모체이다. 중대사나 관심사에서 배출하는 강세 기호는 의미하는 구체적 사건, 화제, 지시대상 및 사회적 영향에 편승하여 폭발적인 커뮤니케이션 효과를 거둘 수 있다. 국제 커뮤니케이션에서 중대사나 관심사를 활용하여 강세 기호를 만들어내고, 또한 커뮤니케이션 하는 것도 교묘하게 편승하는 커뮤니케이션이라 할 수 있다. 예를 들면, 중국의 한 유학생이 예일대학

교에 기부한 것도 강세 기호를 만들어내어 국제 커뮤니케이션을 할 수 있는 좋은 기회였다. 하지만 기부사건이 일부 중국 국민들과 네티즌들의 원망과 질책을 받으면서 우리의 지능과 관용에 도전장을 내밀었다. 만약 이 사건에서 강세 기호를 추출하고 교묘하게 활용했더라면 우리의 세계적 의식과 인류에 대한 헌신정신을 과시할 수 있지 않았을까? 때로는 민간기호나 이데올로기와 거리를 둔 강세 기호가 바로 우리가 국가의식을 커뮤니케이션하고 민족정신을 커뮤니케이션할 수 있는 교묘한 수단일 수 있다.

강세 기호를 커뮤니케이션할 수 있는 기회를 놓친 다른 한 가지 사례는, 캐나다 중국계 학생이 자신이 제작한 "티베트는 과거는 물론 현재와 장래에도 영원히 중국의 일부분"이라는 동영상을 구글 유튜브(youtube)에 올리자 사흘 사이에 트위한 수가 거의 120만 회에 달했고, 각종 언어로 된 댓글이 7.2만개나 달리면서 서방 주류 매체의 강력한 반응을 일으켰다. 하지만 유감스럽게도 우리는 의식적으로 영향이 엄청난 사건에서 강세 기호를 하나도 건지지 못했다. 사실 민간 방식으로 관변 측의 정치태도나 입장을 표명하게 되면 종종 아주 훌륭한 커뮤니케이션 효과를 거둘 수가 있기 때문이다.

상하이 엑스포는 중대사이자 관심사임이 틀림없었다. 이 엑스포에서 우리는 "도시는 생활을 더욱 행복하게"라는 기호를 추출하여 도시가 결코 우리가 거주하는 지역만이 아니라 이 시대의 문명과 진보를 상징한다는 의미를 나타내면서 지혜롭게 오늘날 중국의 과학적이고 친환경적인 생활이념을 커뮤니케이션함으로써, 중국의 도시건설과 발전상황을 보여주었다. 관심사에서 강세 기호를 추출한다면 설득력이 가장 강할 수 있다. 따라서 어느 정도 상에서 말하면 설득력이 곧 커뮤니케이션 효과라 할 수 있는 것이다.

2) 전형적 인물에서 문명적으로 진보 발전하려는 중국인들의 정신을 대표하는 강세 기호의 추출

과거 우리는 류후란, 왕진시, 레이펑 등 전형적 인물들의 몸에서 강세 기호를 추출하여 수천수만의 중국인들을 고무 격려시켰다. 오늘날 우리가 류샹의 몸에서 '차이나 스피드'라는 강세 기호를 추출했다면, 야오밍의 몸에서 '중국의 높이'를 추출하고, 랑랑(郎郎)의 몸에서 '중국의 피아노 소리'를 추출할 수는 없을까? 대답은 긍정적이다. 서방국가의 정상들마저 중국 농구스타와 피아니스트의 '열성 팬'이 되고 있을 때, 야오밍과 랑랑도 당연히 국제 커뮤니케이션의 강세 기호가 될 수 있는 것이다. 이같은 기호들은 많은 정치적 기호들보다 인지도도 높고 커뮤니케이션 효과도 강하다.

3) 제품의 기호, 기업의 기호에서 중국사회의 신용과 신뢰를 상징하는 강세 기호를 추출

유명 브랜드제품이 교환 가치가 높은 것은 사용가치가 높아서가 아니라 기호가 그만한 가치를 가지고 있고, 기호 가치의 비싼 가격에 구실을 만들어주었기 때문이다. 기호에 가치가 있는 제품은 소비행위를 리드하는 작용을 할 뿐만 아니라, 국가와 민족의 정보 및 문화를 적극적이고도 효과적으로 커뮤니케이션 하게 된다.

제품의 기호와 문화의 기호가 침전될 때, 국가 의식, 민족정신에 대한 커뮤니케이션도 당연히 동반하게 된다. 일본의 가전제품, 독일의 자동차 등 제품 기호가 바로 전 세계에 그들 국가와 민족의 정보를 커뮤니케이션 하고 있다. 차이나 내셔널 페트롤리엄, 시노펙, 중국공상은행, 차이나모바일 등이 최근 몇 해 사이에 세계 500대 기업의 순위 앞자리를 차지하고는 있지만, 그 기호의 가치와는 아주 어울리지 않는다. 그 기호의 가치, 국제적 인지도가 여전히 엄청나게 낮고 브랜드 아이덴티티도 비교적 떨어진다. 물론 국가를 효율적으로 커뮤니케이션하거나 국가를 대표하여 커뮤니케이션하기도 어려운 상황이기는 하지만 말이다.

4) 오피니언 리더 조건을 갖춘 지시대상을 활용할 수 있는 강세 기호로 개조

우리는 긍정적이고 개방적이고 현대적이고 문명적인 오늘날의 중국 이미지를 커뮤니케이션하고자 한다. 이 같은 이미지를 커뮤니케이션하려면 반드시 감정을 나타낼 수 있는 각종 효과적인 기호를 선택해야 한다. 같은 의미(기의)라 해도 같지 않은 형식(기표)을 통해서 표현할 수가 있다. 그러려면 다양한 형식 체계(기표 체계)에 영향력이 있는 오피니언 리더의 조건을 갖춘 기호 형식(기표)을 선택해야 만이 훌륭한 커뮤니케이션 효과를 이룩할 수 있는 것이다. 즉 인물이나 사건 자체가 국제적으로도 아주 높은 인지도를 가지고 있어서 국제 커뮤니케이션을 훌륭하게 진행할 수 있는 유명 인물이나 사건을 선택해야지, 본국에만 영향력이 있는 인물을 선택해서는 안 된다.

예를 들면, 쟈오위루(焦裕祿), 쿵판선(孔繁森)은 중국인들은 다 알고 있는 인물들이지만, 국제 언어 환경에서는 그들의 인지도가 높거나 커뮤

니케이션 효과가 좋다고 할 수 없다. 그렇기 때문에 인물이나 사건 자체가 국제 커뮤니케이션에 적합한 오피니언 리더를 통해 사건을 선택해야만이 기대한 커뮤니케이션 효과를 거둘 수 있으며, 본국에서만 오피니언 리더인 인물이나 사건은 국제 커뮤니케이션의 강세 기호가 되기 어려운 것이다.

커뮤니케이션의 글로벌화가 된 오늘날, 기호 가치 증가를 사회자본을 누적하는 새로운 원천으로 하고 있는 소비시대에, 일부 학자들이 포스트모더니즘 언어 환경에서 기호가 갖는 의미가 떨어져 나가면서 기표의 카니발화만 남았다고 우려하기도 하지만, 실생활에서 우리의 가치 판단, 사회적 문화, 나아가 소비 행위까지도 기호가 부여한 심층적 의미를 떠날 수는 없는 것이다. 특히 국제 커뮤니케이션에서 장구하게 가치관을 육성하고 주체성을 구축하는 작용을 하는 강세 기호는 더욱 그러한 것이다.

맺음말

격동으로 가득 찬 오늘날의 생활에는 여러 가지 모략과 술수가 많다. 하지만 정선한 몇 가지 기호 커뮤니케이션의 양식은 우리를 도와 구름을 헤치고 해를 보듯이 사물의 본질을 꿰뚫어 볼 수 있게 했다. 이것이 곧 이론의 매력인 것이다. 기호학의 이론은 하늘로 올라가고 땅속으로 들어가듯이 내용이 심오하여 정도를 헤아릴 수가 없다. 하지만 실천을 떠난다면 무미건조한 이론만 남게 될 것이므로 영원히 사회의 다양성을 추종해야 할 것이다. 이 역시 생활의 위대함이 아닌가 한다.

이 책은 기호학의 일부 기본 범주를 재정리하거나 질의를 던졌다. 우리 신변의 커뮤니케이션 현상을 해석하는 이 분야에 대해 더욱 많은 사람들이 이해하고 이를 활용하기를 바란다. 그렇게 되도록 하기 위해서 기호학 이론을 활용하여 오늘날 사회생활의 수많은 현상을 분석하면서 일부 개념의 현실적 의미와 응용 가치를 확충하고 개선하고자 시도했다. 하지만 끊임없이 변천하는 사회생활과 나날이 새로워지는 매체 기술은 기호 커뮤니케이션 현상을 양산시키고 있다. 따라서 아무리 고전적인 이론이라 하더라도 역사의 흐름, 생활의 보조를 바싹 따르면서 생동적인 실천을 아울러야 만이 고상한 학문 영역에서 세속적인 세상으로 들어와 이론의 생명력을 과시할 수 있게 될 것이다.